Judite
no país do futuro

Adriana Armony

JUDITe
no país do futuro

EDITORA RECORD
RIO DE JANEIRO • SÃO PAULO
2008

CIP-BRASIL. CATALOGAÇÃO-NA-FONTE
SINDICATO NACIONAL DOS EDITORES DE LIVROS, RJ

A763j   Armony, Adriana, 1969-
      Judite no país do futuro / Adriana Armony. – Rio de Janeiro :
  Record, 2008.
      ISBN 978-85-01-08015-8

      1. Romance brasileiro. I. Título.

08-0060.   CDD: 869.93
                                                      CDU: 821.134.3(81)-3

Copyright © Adriana Armony, 2008

Capa: Evelyn Grumach

Imagem de capa: Augusto Herkenhoff

Ilustração da capa: *Olimpic*, de Augusto Herkenhoff;
acrílico sobre tela (120 x 180m), 2004

Editoração Eletrônica: Abreu's System

Direitos exclusivos desta edição reservados pela
Editora Record Ltda.
Rua Argentina 171, Rio de Janeiro, RJ - 20921-380 - Tel.: 2585-2000

Impresso no Brasil

ISBN 978-85-01-08015-8

PEDIDOS PELO REEMBOLSO POSTAL
Caixa Postal 23.052 - Rio de Janeiro, RJ - 20922-970

Para Judite Armony, a Safta,
de quem roubei o nome e muitas histórias.

ADVERTÊNCIA

Embora esta narrativa contenha algumas histórias verídicas na sua primeira parte, todo o restante do romance — personagens e enredos — é integralmente ficcional.

"onde você está, aí estão todos os mundos"
Moisés Cordovero

Rio de Janeiro, 1984

Não eram apenas os contornos do rosto que se embaçavam pouco a pouco, nem as lembranças que se tornavam cada vez mais etéreas — era a própria qualidade do ar, das noites entrando pela janela. Quando tudo começara? Em que momento tudo se tornou tão vago que só podia acabar daquela forma?

Naquela tarde nublada de maio, levantou-se do sofá de couro falso e foi preparar um chá. As varizes estouraram em flores roxas debaixo dos joelhos quando o vento entrou pela janela e abriu o penhoar com estampa de dragão chinês, e ela sentiu um frio que parecia vir de um outro mundo. Quando ela ganhara o presente da nora, a filha mais velha perguntara, "Você vai usar isso, mãe?" Ela respondera, divertida, "Por que não?" E a filha, amuada, "Não tem nada a ver com você." Ela não dissera nada; e o silêncio pesara entre as duas como a pata de um bicho. Com um passo, ocupou todo o cubículo que sintetizava as funções básicas de uma cozinha e pescou no armário uma velha leiteira amassada. O fogo que acendeu ricocheteou na parte mais machucada da leiteira e por um instante viu, refletido no espelho liso e prateado, um rosto gasto, de lábios finos e olhos perplexos de menina: o seu rosto. Não posso mais ficar nesta casa, pensou vagamente, como se o pensamento pertencesse a uma outra pessoa. As pernas doíam um pouco, devia estar na hora do remédio. Débora, o remédio, preparou-se para dizer; mas lembrou que a filha subira para Teresópolis com os filhos, não sem antes fazê-la prometer que ficaria bem. "Comporte-se, viu? Volto no final da tarde do domingo." Meu Deus, as ausências já tinham chegado; os pequenos esquecimentos, os lapsos, tudo aquilo que fazia os jovens se rirem por trás da nuca dos velhos, agora tratados como crianças; tinha chegado a sua vez.

A água borbulhava numa gargalhada zombeteira quando ela segurou a leiteira com firmeza e despejou a água na única xícara que sobrara do seu enxoval. O calor da fervura bafejou o seu rosto, e a sensação de rubor que a invadiu a fez lembrar-se... de quê? Havia ali uma lembrança, certamente, uma forma nítida que, quando tentou capturar, fugiu como um aroma. E no entanto não há nada mais preciso, mais particular do que um aroma. Mergulhou o saquinho na água e lembrou-se de pegar o açúcar — dois torrões quadrados que retirou de uma caixa azul e branca, no fundo de um corredor onde ficava a despensa. Era estra-

Judite no país do futuro

nho aquele corredor, comprido demais para uma quitinete, embora esta fosse bastante grande para um apartamento desse tipo. Os netos adoravam aqueles quadradinhos de um branco brilhante, e pediam para chupá-los puros, disputando aos gritos as pequenas pedras. Nos sábados em que a filha a visitava, as crianças escapavam para o hall do prédio com a boca estourando com três ou quatro torrões de açúcar, cujos restos melados escorriam nas blusas e no tapete vermelho que forrava a escada de mármore. O apartamento de primeiro andar era pequeno, e no hall as crianças podiam se espalhar. Os degraus da escada eram então círculos do céu ou do inferno; as duas rampas laterais se tornavam tobogãs que levavam ao fogo ou às nuvens, e um parafuso que fixava o tapete vermelho na escada virava um botão mágico que fazia jorrar mares de água ou de doce de leite — as crianças pulavam, urravam, com o alegre egoísmo dos seus sete ou oito anos. Quando a gritaria se tornava insuportável, um adulto esticava a cabeça na fresta da porta e com uma voz sussurrante dizia, "shh, a vizinha tá doente". Atrás da outra porta sentia-se um peso bruto e indiferente, feito de carne velha e silêncio. Obedientes, as crianças passavam a bradar e pular numa mímica enlouquecida, mas depois se esqueciam da velha e voltavam a gritar até a próxima cabeça que apareceria infalivelmente na porta, ciciando.

Guardou cuidadosamente na geladeira o saquinho usado, sobre um pires de borda rachada. Seus netos. Sua família. Estranho, isto de carregar uma vida. Agora era ela a velhinha doente. Uma manhã acordara e estava tudo pronto ao redor de si. O filho que tinha uma mulher e uma amante e que temia a própria filha tanto quanto a adorava. O filho engajado que havia virado publicitário e que tinha filhos para quem a televisão era mais real que os pais. A filha ultra-eficiente, brigada com o irmão mais velho, a quem suportava nas indispensáveis reuniões familiares. A neta de andar empertigado, que se esquecera tão rapidamente dos dias em que ia tomar sorvete na sua casa, depois do balé, quando lhe fazia pedidos insaciáveis de cafuné, deitada no seu colo em frente à televisão, vendo filmes de Jerry Lewis. Tanta gente gravitara à sua volta, e agora ela cabia toda naquela quitinete.

Seria possível que ela viesse a se tornar um estorvo? Ela, que escapara de uma guerra, que criara os filhos sozinha, com a dureza inevitável e certeira nascida do seu medo, olhava agora os galhos que saíam do seu tronco como se fossem ramos de outra árvore, flores de um mundo desconhecido.

Ouviu o apito do amolador de facas, que tocava um hino de time de futebol. Gritos de crianças saídas do colégio entraram numa lufada pela janela. Deitada no sofá em frente à televisão, disse a si mesma que descansaria só um minutinho e depois iria dormir — cedo como dormem os velhos. Estava com quase oitenta anos, as pernas lhe pesavam e sofria de pressão alta. "Você tem que descansar mais, mamãe, nada de bater perna por aí", ouviu a filha dizendo como quem fala com uma criança teimosa, enquanto os sons e as imagens da televisão se misturavam — "Mostra, deixa eu ver como estão essas varizes..."

Judite no país do futuro

Pouco a pouco, tudo se fundiu numa massa branca de sons indistintos, na qual entrou, hesitante. Agora ela estava lá, Judite, e do fundo do deserto viu aparecer um camelo. Ele anda muito lentamente sob o sol e traz na boca alguma coisa que ela não consegue distinguir, mas que lhe parecem cabelos, longos cabelos ruivos contrastando com o branco brilhante da areia. O camelo tem um olhar sábio, como se vivesse desde o início dos tempos. De repente aparece um homem de barba negra, os olhos injetados de sangue, e com uma faca de cozinha corta a garganta do animal. Antes de morrer, o camelo diz, ofegante, "O homem bom não tem forma", mas a última palavra é encoberta pela gargalhada atroz do assassino, que faz gestos de Zorro, rebolando para uma fictícia câmera de televisão.

Sente-se arrancada do sono como uma raiz que se parte. Tentando disfarçar para si mesma o pavor que sentia — era uma de suas principais técnicas —, cantarolou uma velha melodia judaica que costumava ensinar para os seus alunos, na época em que era a admirável *morá* Judite. Quantas vezes, passeando por uma praça ou de férias num hotel-fazenda, ouvira uma voz que a atingia como uma flecha de prazer: "*morá* Judite!" Ah, quem não se lembrava daquela professora cordata mas firme, que arrancara os alunos das suas estreitas carteiras e os conduzira para o palco glorioso? Ela inventara de fazer na escola uma encenação da fuga do Egito, e o ex-aluno, agora homem feito e pai de família, fora Moisés. E isso numa época — e aqui o homem colocava a mão nos ombros desatentos da filha que o acompanhava —, isso numa época completamente diferente da atual, uma época em que todo mundo tinha de ficar quietinho, decorando...

Morá Judite tinha se esquecido do remédio. Esticou-se para alcançar na mesa-de-cabeceira o pequeno frasco, fazendo tremelicar a larga faixa de pele branca que lhe pendia do braço. Como a sua filha dizia mesmo? "Tenho que malhar o músculo do tchau. Quando eu balanço o braço, tudo cai." Era nisso que a Débora andava pensando ultimamente: "malhar" para não perder o seu homem. Ela própria tinha perdido o seu há cinqüenta anos e nunca mais se casara.

O remédio não estava na mesinha. Em vez de procurá-lo em outro lugar, foi até o armário de bebidas, abriu-o com a chave que guardava no bolso e retirou de lá uma caixa de sapatos forrada com papel de presente. Uma a uma, foi olhando as fotos amarelecidas.

E de repente, ainda recostada num cotovelo, uma onda quente inundou o seu ventre com um líquido espesso e pegajoso. Abriu as pernas lentamente e viu um caminho de sangue correndo pela pele branca e flácida.

Chegara o inevitável, e estranhamente sentia-se calma. Olhou o relógio que ostentava na parede sua indiferença. Certamente ainda tinha algum tempo. Ao fechar os olhos, teve a sensação de cair lentamente num poço. Nas paredes escuras, velhas fotografias de paisagens e de rostos, iluminadas por uma chama trêmula e irreal, passam diante dos seus olhos enquanto cai, antes que possa distinguir quem são. E então chega ao fundo. Sente os membros amolecerem e o sono abraçá-la como um antigo amante.

ÊXODO

Tzfat, 1916

1

Um senhor de magnífica barba passeia pela casa com um livro do Talmude embaixo do braço; sua esposa, uma velhinha franzina e empertigada, castiga um quadrado do assoalho com o esfregão. Ao canto, uma menina observa tudo com os olhos bem abertos. A avó resmunga algumas palavras inaudíveis sobre a sujeira da sala e entra na cozinha, que parece um longo corredor. Para que alguém entre é necessário que o outro saia, o que freqüentemente causa hesitações e mal-entendidos, como agora. A menina segue a avó. Ainda tem esperanças de que ela prepare para o Shabat um bolo de mel, ou pelo menos uns biscoitinhos de semente de papoula; mas não ousa pedir, principalmente porque sabe que o dinheiro é escasso e o tempo, precioso.

O avô entra na cozinha, pousa os olhos impenetráveis na

pia sobre a qual a avó prepara a carne *kosher* para o almoço, e volta para o seu Talmude. Aos poucos os sons familiares da reza matutina envolvem a menina e parecem lhe entorpecer os membros. Seu rosto roça de leve a saia da avó, que agora está dizendo: "Olha bem, querida, um dia você vai precisar saber fazer isso tudo." Qual um esquilo que a cada momento que olhamos está num lugar diferente, a avó anda de um lado para o outro como se o dia fosse tão pequeno como os dois cômodos da casa. A menina, que se chama Judite, aperta os olhos tentando entender. A avó fará o almoço, depois irá até Smirna pegar "as coisas" — é o que ela está contando enquanto coloca as batatas no forno, recheando-as com suas recomendações: "Hoje sua mãe está de cama, você deve ser uma boa menina, ajudar com os irmãos." E, baixando a voz: "Pobre Faiga! Depois que voltar da escola, você cuida deles."

Judite mora com os pais, o irmão mais velho Isaac e os pequenos Moishele e Batcheva numa estreita casa de pedra, colada à casa dos avós, no bairro dos judeus asquenazitas, em Tzfat. Nessa típica comunidade judaica ortodoxa do norte da Palestina, era comum homens, mulheres e até crianças em idade escolar jejuarem e passarem o dia em orações de penitência e flagelação. No Dia Menor da Expiação, que precede a lua nova, dedicado à recordação do evento cósmico do exílio, Judite gostava de contemplar o gancho deitado da lua minguante, sabendo que da imperfeição e da mácula viria a redenção, na forma brilhante da lua cheia. E uma vez, num enterro, presenciara um ritual

Judite no país do futuro

impressionante: dez homens dançavam sete vezes em círculo em volta do cadáver, recitando um salmo como uma defesa contra os demônios — acreditava-se que quando um homem morria seus filhos não gerados pela semente desperdiçada viriam, sob a forma de demônios, tomar parte no funeral e reclamar sua herança.

Da sala deixou de vir a música melancólica que entornava da garganta do avô, e o silêncio que se instala parece acentuar o cheiro da casa, uma mistura de sabão ordinário e odores de velhice. Debruçado sobre o grande livro, o avô cochila, e a satisfação do descanso lentamente vai desfazendo as marcas do seu rosto esculpido em pedra. Ele era sólido e duro como o livro das leis, mas de repente parece a Judite apenas um menino envelhecido. A avó confirma sua impressão, pois reapareceu na ponta dos pés dizendo com a voz estrangulada: "Não acorde seu avô, hoje ele já estudou demais." Trazia nas mãos várias sacolas feitas de corda ("São as mais resistentes", costumava repetir), que encheria com a mercadoria que buscaria em Smirna para revender em Tzfat.

O que a menina não entendia era por que aquele homem formidável ficava parado enquanto a sua franzina esposa se agitava de um lado a outro para conseguir algum dinheiro. A mãe lhe contara uma vez que o estudo dele era algo "muito elevado, muito importante", tanto que em paga disso ele recebia a *haluká*, o dinheiro que os judeus da diáspora doavam aos judeus piedosos de Eretz Israel. Pena que aqueles judeus que provinham da Rússia, como o avô, recebiam menos do que os que tinham ascendência húngara; mas isso não era importante (e aqui sua mãe sacudia os braços como se quisesse afastar um pensamento inoportuno) — o que importava era a sabedoria, o conhecimento das leis divinas. Com a expressão aliviada, a mãe, cujas faces ainda não haviam perdido inteiramente a cor e o viço, foi cuidar dos seus afazeres, enquanto a menina ficou parada de pé no meio da sala.

Mas então por que o avô não queria que ela freqüentasse o colégio? Quando sua mãe a mandou pela primeira vez para o pequeno prédio azul e branco da escola, ele sentou-se na soleira da porta disposto a impedir que ela saísse. A mãe a arrumara com esmero, puxando seus cabelos crespos para trás das orelhas enquanto a cobria com um punhado de recomendações deliciosas. Ela se sentira grande, forte, invencível; mas a voz do avô soterrara todas as suas esperanças. "Estudar o que na escola? Meninas têm que cuidar da casa. E, depois, nessas escolas só ensinam coisas contrárias à Torá." Sentada encolhida em cima da cama, sentira-se como se estivesse vestida para o próprio enterro. "Vamos, querida, vamos", ouviu a voz sussurrada da mãe, e demorou alguns segundos até entender que estava sendo puxada pelo cotovelo para que subisse pela janela até o telhado, de onde poderia seguir às escondidas até a escola.

Pouco depois, o vento soprava promessas nos seus cabelos. O céu estava limpo e ela mal podia esperar para entrar no prédio comprido e se misturar às outras crianças: ela estudaria, entenderia as coisas do mundo, saberia por

Judite no país do futuro

que uma árvore crescia, como as letras se juntavam e formavam histórias, como uma pessoa doente se curava... E, sem querer, ria; movia os lábios, tentando imaginar a professora; e então de novo se forçava a ficar séria.

Não, a escola não era exatamente o que ela esperava, mas o fato é que lá se sentia numa espécie de oásis. Entre aquelas paredes nuas, misturada aos alunos sonolentos e calados, deixava de ser a filha mais velha que ajudava a mãe doente, a neta que seguia com os olhos parados o corre-corre da avó, a menina que temia não corresponder às expectativas do pai: e era apenas uns olhos limpos e uma cabeça alerta, que procurava a verdade escrita na superfície das coisas.

2

Risos abafados cercaram Judite, que se sentiu flutuar dentro deles. Sabia que riam dela, mas era a única que não sabia ao certo o motivo, e só podia sorrir enigmaticamente para que suspeitassem que entendia o que se passava. Quando precisassem dela para explicar o significado oculto de uma palavra ou de uma história, os risos parariam, ou ao menos se tornariam discretos, tão discretos que se confundiriam com a contração muscular que precedia o pedido de ajuda. Prestativa, ela explicaria até que as amigas se enfastiassem e voltassem a falar do jovem misterioso e gentil que estava à procura de uma esposa, de como Miriam não sabia cozinhar e arrumar uma casa, da prosperidade dos Grossman ou de suas filhas de reputação duvidosa. Aparentemente, sabiam de tudo que se passava no bairro judeu.

Adriana Armony

— Judite, acorda. Você parece que vive no mundo da lua — dizia Ilana, que tinha peitos grandes e inverossímeis como dois mamões. — Você não acha que a Luba anda muito estranha ultimamente? Que está de olho em Isaac, a coitada?

Judite respondia que não sabia, e no mesmo instante percebia que irritava a amiga. Ilana era tão forte, tão determinada. Judite queria ser amiga de todas as meninas, também de Luba, que uma vez lhe dissera que tinha esperanças em Isaac e que achava os peitos da Ilana desproporcionais. Luba era magra e etérea como uma nuvem; perdera o pai e, além de ajudar no serviço da casa, costurava e cozinhava para fora. Seu dote era insignificante, mas ela fingia ignorar sua real situação. Com treze anos completos (era um pouco mais velha que Judite), sua capacidade de trabalho e um pouco de sorte, arrumaria um bom marido — Judite não achava?

A verdade é que não achava nada. Gostava de estar ao lado das duas amigas, gostava da sua determinação, da sua falta de dúvidas sobre o que era a vida. Sentia vagamente que a viam como uma boba, ou uma pequena espiã (aparentemente, achavam que ela contava tudo de uma à outra), mas não se importava. As conversas, a inveja e a maledicência, tudo lhe parecia uma história em uma língua estrangeira, que estudava com aplicação. Quanto a ela, sentia-se muito nova para casar. Aliás, não conseguia imaginar que passaria a vida assando *chalá* e passando colarinhos para o marido. Mas o que mais poderia fazer uma mulher naquele lugar?

Judite no país do futuro

Em casa, quando o avô estava dormindo, pegava os livros dele e abria as páginas com os dedos trêmulos. À luz da vela, lia espantada as palavras sagradas: Abraão partindo a lenha para o holocausto, levando a faca em muda obediência, levantando o braço para sacrificar seu único filho. Nessa noite, teve febre e sonhos estranhos, com animais sangrando. Não entendia que a avó pudesse contar, sem um pingo de constrangimento, a história do pobre Isaac e seus filhos rivais Esaú e Jacó. Como o filho mais novo, incentivado pela própria mãe, pudera enganar o pai velho e cego com uma pele de cabrito, fazendo-se passar pelo irmão peludo? E isso para obter uma bênção e riquezas a que não tinha direito, por não ser o primogênito! E, no entanto, Deus parecia aprovar o que Jacó e a mãe haviam feito. Como podia aquilo? Seria Ele um ser cheio de paixões? Uma vez ouvira que não era homem nem mulher, nem humano nem animal, mas como deixar de pensar em Deus como um sujeito de longas barbas? Um sujeito tirânico, ciumento, cheio de malícia... talvez bêbado! — pensava, enchendo-se de coragem; Deus, um jogador que se divertia com os pobres bonecos humanos: sim, era exatamente assim que o via. Mesmo que no final a justiça fosse feita, como justificar a Sua ira? E todos aqueles homens santos com tantas mulheres...! E aqui imaginava involuntariamente a sua pobre mãe, debruçada sobre o fogão, tossindo o sangue e a alma, enquanto o pai, sentado confortavelmente na poltrona, afagava distraidamente a cabeça de uma mulher aninhada em seus chinelos como uma gata e estendia a mão para pegar o cachimbo que uma outra lhe oferecia. Uma dessas mulheres tinha o rosto muito parecido com o da vizinha do outro lado do pátio, que usava uma peruca loura no lugar de touca e ria alto. Seria isso possível? Não diziam que um homem devia ter apenas uma mulher, da mesma forma que havia um só Deus?

Judite trabalhava os seus pensamentos enquanto varria, lavava, cozinhava. Desde que Faiga ficara doente, ela fazia boa parte do serviço da casa. No Shabat, porém, os filhos eram impecavelmente preparados pela mãe. Bem-vestidos, lavados e penteados, os pequenos corpos pareciam boiar no aroma do sabão esfregado pouco antes nas barrigas, pernas e, com atenção especial, nas orelhas, para depois serem violentamente sacudidos e abraçados pelas toalhas. Da cozinha, transbordava o cheiro quente das comidas que faltavam durante toda a semana, e era com uma alegria impura, fingindo indiferença como uma amante despeitada, que Judite esperava a hora de atacá-las. Com os irmãos mais novos era diferente: iam de tempos em tempos até a cozinha, na esperança de achar um resto de bolinho, ou de comover a mãe com os seus olhos compridos. Judite e a mãe eram irredutíveis, mas depois se riam a sós, e mais de uma vez esqueceram de propósito sobre a pia um *beigele*, que sumia rapidamente na boca triunfante de um dos meninos. À noite, a mesa resplandecia com a toalha branca, o castiçal prateado, os pratos limpos. O pai exalava um cheiro másculo de cachimbo quando lhe tocava os cabelos com os lábios finos e a olhava com ar de aprovação:

Judite no país do futuro

sua Judite, tão nova, capaz de cuidar da casa e dos irmãos. Orgulhava-se da filha trabalhadora e estudiosa. E o hino ressoava: "Ide, meu querido, ao encontro da Noiva, recebamos a presença do Shabat." A voz cheia do pai penetrava cada fresta, e o vaivém da reza fazia vibrar a corda tensa da expectativa das crianças, adiando e açulando o prazer de quando se entregariam à gordura de galinha, aos *varenikes* macios como minúsculos travesseiros. Mais tarde, com o corpo amolecido pelo cansaço, contemplando os destroços da mesa do jantar, Judite tinha a doce sensação de que tudo era como devia ser.

3

Uma madrugada, Moishele acordou aos gritos. Trespassada pelos ganidos, a mãe levantou-se num pulo e logo estava ao lado da cama do menino, segurando as suas mãos ossudas e frias, de uma palidez de cera. "Eu vi, mamãe, eu vi." "Viu o que, meu filho? Não serão imaginações?" O menino resfolegava, o rosto banhado de suor. "Alguém entrou no meu quarto, um homem alto, de barba, com uns olhos malvados. Ele falou alguma coisa no meu ouvido e depois puxou minha orelha." Nessa altura todos já tinham acordado e o rodeavam. "Meu querido", sussurrou a mãe com um sorriso quase imperceptível, "você está vendo esse homem aqui?" O avô, que acorrera o mais rápido que lhe permitiam as pernas pesadas e cheias de varizes, abanava a cabeça como a dizer que não tinha nada a ver com aquilo, enquanto a avó, muito empertigada na camisola que arrastava no chão, contava: "Ontem o rabino entrou na sinagoga, arrumou suas coisas como todas as manhãs e, quando volta do banheiro, o que vê? Um rapaz estendido no chão, desmaiado e branco de pavor, calçado em apenas um pé. Quando voltou a si, contou que tinha sentido o diabo puxando o sapato dele! Mas, a pouca distância, um homem que veio ajudar tropeçou no tal sapato que faltava, junto de um rato que o arrastava com muito empenho. Então, que tal? Ou o rapaz é muito imaginativo, ou o diabo anda encarnando em ratos!" A avó arregalava os olhos divertida, mas o avô lhe lançou um olhar duro de repreensão, enquanto a mãe abraçava o filho, e Judite olhava tudo como se estivesse infinitamente longe. Por que ele tinha sempre tanto medo? Não podia ver uma sombra que achava que era um urso, ou um gigante, ou mesmo um ogro. Quando ouvia um barulho diferente, corria a esconder-se atrás das saias dela, que o empurrava carinhosamente, como se lhe mostrasse que tudo aquilo era bobagem, apenas uma porta que batera com o vento, ou um pássaro que alçara vôo de repente.

    Mesmo assim, quase toda noite o menino gritava assustado, acordando a casa inteira. A mãe tinha piorado, e agora era a pequena Judite que dava a mão a ele e o cobria com suas palavras nas noites úmidas e impenetráveis. Ele mal entendia as histórias; era a melodia da voz que o animava, e também o rosto afogueado da irmã que arregalava muito os olhos nos pontos críticos, quando olhava para ele sob a luz baça da lamparina como que pedindo uma resposta. O menino perguntava alguma coisa, ou abria a boca de susto para que ela pudesse prosseguir. Gostava de contemplar o rosto da irmã, que era mais vivo e firme do que o da mãe. Foi assim que Judite começou a tomar gosto por inventar ou florear as narrativas. Histórias da Torá ganhavam detalhes precisos e inusitados, misturando-se com contos de aventuras em terras e mares distantes ou com os amores de princesas belas e misteriosas, com uma pedra brilhando na testa.

O medo do irmão continuava, e finalmente os pais resolveram seguir o conselho que lhes deram: levá-lo até o túmulo do rabi Shimon Bar Yohai, em Miron, e deixá-lo dormir três noites ao lado do túmulo. Na primeira noite de ausência do menino, com a casa mergulhada num silêncio ensurdecedor, Judite não conseguiu dormir. Para se acalmar, mentalizava as histórias que costumava contar ao irmão; mas de tempos em tempos se perguntava: como pretendiam curar o menino no meio dos mortos, onde ele veria sombras que lhe pareceriam monstros, ouviria rumores de árvores que lhe soariam como gemidos, sentiria ventos que lhe roçariam a pele como mãos de defuntos? Pobre Moishele! E, se conseguia pregar o olho por alguns minutos, era para em seguida se levantar, transtornada, vendo diante de si o rosto contorcido do irmão. De manhã, de pé antes do sol, sentia como se não tivesse dormido nada; e contava os dias e as horas que faltavam para Moishele voltar. Sonhava que ele se atiraria no seu peito magro de menina, e ela lhe acariciaria os cabelos ásperos e sujos da terra dos mortos. Porém, quando ele voltou cercado pelos pais, magro e distante como se viesse de um país longínquo, ela percebeu que tudo estava acabado. Depois das três noites que dormira lá, perto dos mortos e acariciado apenas pelo vento noturno, não era mais o mesmo.

Enquanto isso, a Primeira Guerra Mundial se aproximava. Sentia-se sua presença na expressão carregada dos rostos, nos silêncios calculados, na agitação parada das coisas. Tudo se tornava mais provisório, mais irreal: e era uma imensa espera sem esperança. O Império Turco-Otomano aliara-se à Alemanha contra a França e o Império Britânico, e logo convocaria todos os que estavam abrigados em suas terras e que até então tinham convivido de forma relativamente pacífica a lutar lado a lado: árabes, judeus, cristãos, armênios, curdos. Com a escassez e a desorganização trazidas pela guerra, as diferenças logo explodiriam.

Agora Judite só contava suas histórias para si mesma, antes de dormir. Mas mal conseguia terminá-las: o esforço extenuante do dia fazia com que as palavras e imagens se embaralhassem na sua cabeça, se misturassem ao sonho que se aproximava sorrateiro e inoportuno, e contra o qual lutava inutilmente. Por fim, se abandonava a ele, mergulhando na escuridão e no esquecimento até o despertar do dia.

Moishele se parecia muito com o pai: o queixo proeminente, os olhos muito juntos, o corpo um pouco curvado

Judite no país do futuro

eram os mesmos. É claro que o pai era grande e tinha mãos fortes; mas o menino tinha esperança de se tornar assim quando crescesse. Estava sempre por perto, correndo até a mercearia onde ele trabalhava para levar alguma coisa que faltara, ajudando na fabricação da cerveja, segurando os fios para tecer as meias que o pai confeccionava e tingia. "É preciso fazer mais. Se fico só na mercearia, o dinheiro não chega para todos nós." E lá ficava aquele homem ossudo, acordado de madrugada, tecendo meias até quase o nascer do sol.

Mesmo assim, o dinheiro escasseava. Para piorar, a mãe passou a sofrer dos nervos e agora ria histericamente no meio dos seus acessos de tosse. "Pelo menos terei meias para aquecer meus pés quando estiver no caixão", dizia, enquanto contemplava as meias que o marido não conseguira vender, o riso desabrochando numa tosse feroz para logo depois ficar assustadoramente séria. Judite não respondia, no máximo dava uns tapinhas nas costas da mãe — nessas horas a temia.

A decisão veio da mesma forma que vieram a guerra, a fome e a doença da mãe: como uma fatalidade. O pai emigraria para o Brasil, aonde diziam que a guerra nunca chegaria — um país que Judite imaginava como um quadro vagamente borrado e exuberante, em tons de verde e azul, onde se viam bichos ferozes e homens mansos. "Eu mando buscar vocês logo que estiver tudo acertado", disse o pai, alisando as mãos suadas nas calças largas. Tentava sorrir enquanto fazia um carinho triste no ombro da mulher, que apertava os lábios.

Adriana Armony

Ele partiu numa manhã ensolarada. Segurou o rosto de Moishele e, dando-lhe dois tapinhas nas faces, disse: "Você toma conta delas, certo?" O menino inspirou fortemente o ar que cercava o pai e acenou com a cabeça. Apenas duas lágrimas boiaram nos olhos arregalados.

Isaac ficou observando o pai afastar-se, coçando a perna no mesmo ponto por algum tempo. Era um rapaz de catorze anos, muito pálido e calado, com um grande e indócil pomo-de-adão e braços compridos demais para o corpo. Costumava passar longos períodos cismando, roendo as unhas meio sujas ou olhando para o teto. Apesar disso, era um bom trabalhador, e, se o mandavam buscar um copo d´água ou ajudar na colheita, era prestativo como um animal de carga — apenas tinha de ser conduzido. Uma mulher daria jeito nele — era o que dizia a mãe.

Junto à janela, a máquina de tecer meias é testemunha silenciosa da ausência do pai: já há muitos dias não se ouve o bater das teclas infatigáveis. "Ele já deve ter chegado no Brasil, e lá as coisas hão de estar melhores", diziam, tentando convencer uns aos outros, nervosos e cheios de esperança.

Um dia, Moishele entrou em casa aos gritos, derrubando o balde com que a irmã acabara de lavar o chão da sala. Tinham entrado num acordo silencioso: se o Shabat seria magro, pelo menos a casa estaria limpa, com cada coisa em seu lugar. "Está louco, menino, a pobre Judite passou o dia todo esfregando esse chão!", urrou a mãe. Mas a raiva virou euforia quando, depois de algum tempo, conseguiram

Judite no país do futuro

juntar os cacos do que o menino dizia: chegara uma carta do pai, e logo se revelou que o pequeno volume que se percebia ao tato era dinheiro, uma quantia que os livraria por algum tempo da fome. Então era verdade, o distante e estranho Brasil era a terra das oportunidades! "Louvado seja Deus, que nos ajudou." E assim foi, por algumas semanas.

4

Numa manhã em que fora comprar uma galinha para o Chanuká, passando por uma ruela que se espremia embaixo de um arco, escutou uma voz que dizia: "*Oy, oy,* pobrezinho.*"* Sem conseguir resistir à curiosidade, espiou atrás do muro. Um menino tinha uma agulha numa das mãos e, com a outra, acariciava um passarinho. Devagarzinho, ele aproximava a agulha da asa do animal e o picava. Depois, o premia contra o peito, sempre dizendo: "Pobrezinho, pobrezinho." O bichinho tremia em suas mãos como se estivesse morrendo de frio.

— O que você está fazendo?

O menino deu um pulo e implorou, perdido:

— Por favor, não conte a ninguém.

Reconheceu o filho do rabino. Tinha os olhos azuis escancarados e um rosto delicado de menina. Um pequeno buço avermelhado cobria-lhe o lábio superior, de cor apenas um pouco mais escura do que os cabelos de cobre. Não era raro ver os meninos da rua revirando besouros com um pedaço de pau, amarrando latas na cauda dos gatos ou arrancando as asas das moscas. Muitas vezes, faziam as pobres aleijadas apostarem corrida. O que era estranho era a crueldade seguida de compaixão — ainda mais partida de um filho de rabino, o mesmo, aliás, que ela vira uma vez responder às zombarias daqueles meninos com olhos baixos e um silêncio constrangido que podia ser interpretado como covardia, mas que ele certamente sentia como superioridade moral. Pelo menos era o que pareciam dizer os lábios que se apertavam num esboço de sorriso: ele era o justo, e seria recompensado no final de tudo.

Ela arrancou o pássaro das mãos do menino e soltou-o. O bichinho descreveu alguns círculos tontos acima das cabeças dos dois antes de ganhar o céu.

— É só um pássaro — devia ter uns doze anos e agia exatamente como um filho de rabino, não olhando para ela.

— Um pássaro também vem de Deus.

Judite aprendera com os *hassidim* que cada vida valia infinitamente. Ele pensou por uns segundos e disse, pesando cuidadosamente as palavras:

— Abraão esteve prestes a sacrificar seu filho. E podemos dizer que ele não o amava?

Judite no país do futuro

— Eram os tempos antigos. Além do mais, foi o próprio Deus que lhe ordenou isso. — Não podia acreditar que estava discutindo com o filho do rabino. E, além do mais, defendendo o velho Abraão, que aliás imaginava como a reprodução exata do seu avô. Seu coração pulava, mas ela fez o possível para disfarçar. Tudo havia sumido, o muro, o chão debaixo dos seus pés frios, o céu azul. Eram dois guerreiros em combate, ela com o escudo, ele com o elmo, vermelho como fogo, baixado castamente sobre os olhos.

Finalmente ele tomou uma decisão, e fitou-a com olhar desafiador, como se, ensangüentado no meio da batalha, não pudesse temer mais nada. Por um momento pareceu ficar desconcertado com o que viu: uma menina magrinha, com o queixo projetado para a frente e olhos muito vivos. O que uma menina podia saber de tudo aquilo? Mesmo assim respondeu:

— Quem disse que também não foi Deus que me pediu?

— Você está blasfemando! — disse Judite com voz sumida.

É claro que ele sabia disso, mas fez uma careta e continuou:

— Olha, vê as mulheres levando as galinhas? Na volta do açougue, as bichinhas estarão sem as cabeças, e as mãos dos seus carrascos, sujas de sangue, vão continuar a carnificina até anoitecer.

Judite enrubesceu. Logo ela também estaria carregando uma galinha morta para ser devorada à noite, no meio das preces e dos risos. Mesmo assim arriscou-se. Sentia-se meio louca:

— Você torturou um animal inocente. Um filho de rabino, ainda por cima!

Ele baixou a cabeça e uma pequena poça se formou nos seus olhos.

— Fiquei com tanta pena dele!

Devagar, ela estendeu a mão e tocou nos cabelos do menino: tão finos! E, como não soubesse mais o que fazer, sentou-se muda ao seu lado e deu-lhe a mão. Ouviu um cachorro latindo e as vozes das mulheres que voltavam do açougue. Os ombros do menino, que a princípio haviam lhe parecido largos, se contraíam dentro da camisa de colarinho impecável. Certamente tinha uma mãe dedicada e um pai justo, embora Judite imaginasse este último como uma versão um pouco mais jovem do seu avô, com as mesmas barbas venerandas e os mesmos cochilos intermitentes; e se perguntava como seria já ter um futuro traçado desde sempre. E, afinal, o seu futuro — o de todos — já não estava também traçado? Ou poderia rejeitá-lo como quem afasta uma barata com o canto do pé? E, num jato de súbita alegria, lembrou-se que estava falando de igual para igual com um homem, mesmo que ainda fosse um menino — o filho de um sábio!

Ele parara de chorar e sussurrava alguma coisa baixinho, balançando a cabeça. Quando, sem poder suportar a gratidão que sentia, o menino ergueu os olhos, Judite retirou a mão com um pulo e desapareceu.

Judite no país do futuro

Tinham um segredo, que ela nunca contaria a ninguém. Sentia-se forte, imensa, crescida mil séculos num segundo.

Nos dias seguintes, quando andava pela rua, procurava o menino: espreitava atrás do muro, fingindo ter ouvido o miado de um gato, ou parava perto da porta do rabino, disfarçando. Olhava as roupas que voavam no varal, muito brancas, e tentava adivinhar quais pertenciam ao filho do rabino.

Quando finalmente jurou para si mesma que o tinha esquecido, viu-o ao lado do pai: os dois curvados, traduzindo sua retidão moral em passos firmes e ritmados. Pareciam saber perfeitamente aonde iam, mas Judite imaginou ter visto o menino lhe lançando um olhar entre apavorado e envergonhado, que a atingiu como um soco no peito.

Mais tarde, relembrando os seus dias em Tzfat, teve certeza de que ele foi o seu primeiro amor.

5

Com a guerra, veio a fome. As cartas e as remessas de dinheiro começaram a escassear, até deixarem de vir completamente. Judite cuidava da casa e da mãe e mal saía de casa. O inverno chegara e penetrava até o coração das pedras. Mal se podia tocar nas paredes. Lá fora, a chuva fustigava as ruas. Nunca mais vira o filho do rabino. Antes, iam ao bairro árabe para comprar frutas e verduras no mercado, mas agora o evitavam: sabiam que poderiam levar uma pedrada por lá.

Sem o marido, a mãe definhara. Tinha se casado aos doze anos e se acostumara a estar sempre ao lado dele, como uma sombra. Antes de ele ter consciência de estar com fome, ela já lhe estendia um pedaço de pão: "Pode comer tudo, não precisa se preocupar comigo." Ele brincava que ela estava treinando para faquir, e deixava sempre no

Adriana Armony

prato metade do pão, que ela depois abocanhava de passagem, antes de dormir.

Agora não sobrava mais nenhum pedaço de pão. Numa noite em que a barriga vazia não o deixava dormir, Moishele ouviu a mãe comunicando aos irmãos mais velhos que teriam que ir para a casa de uma tia em Tveria, onde, com a sua ajuda, teriam mais condições de se sustentar. O tom profundo e cansado da voz não deixava dúvidas, e Moishele teve de concluir com certa lógica que não veria o pai ainda por muito tempo.

Mesmo sob o véu de chuva fina, Tveria parecia estranhamente deserta quando chegaram. Algumas portas e janelas estavam lacradas com toras de madeira. Só uma carroça coberta com um pano negro rangia ao lado deles. Numa esquina, soldados turcos jogavam algum passatempo de caserna.

Moishele anda rápido e estaca subitamente quando os outros param. Eles conversam sobre alguma coisa que parece muito importante enquanto, absorto, ele aposta consigo mesmo em que momento as gotas de chuva que pousaram no seu ombro vão ficar gordas o suficiente para escorrerem pela manga do capote. Sua cabeça estava nublada como o céu. Quando finalmente uma dessas gotas escorre, uma mão o empurra para dentro da casa. Viu-se numa sala razoavelmente ampla, com paredes pintadas de um branco acinzentado começando a descascar. Sobre os móveis pesados, de madeira quase negra, descansavam muitos badulaques baratos: caixinhas, lembranças de viagem, coleções de elefantinhos. Depois de beijar a irmã, a tia virou-se para as crianças:

— Esta é Judite? Mas como é magrinha... Os homens gostam de mulheres roliças. E você, querida Faiga, está parecendo um fantasma. Por isso eu digo: é melhor armazenar para os tempos difíceis. É como na história de José: as vacas magras e as vacas gordas. Vocês conhecem a história, é claro.

Quem não conhecia a história de José, o prodígio que interpretara o sonho do sultão e salvara o Egito da miséria? No sonho, as sete vacas gordas representavam os anos de prosperidade, e as sete vacas magras, os de penúria; era preciso conter-se na prosperidade para enfrentar os momentos de escassez. A tia mesmo era uma espécie de vaca gorda, que acumulara na própria carne os mantimentos para os dias difíceis. Arrastava o corpo pesado com uma facilidade surpreendente, e ao lado dela o marido parecia franzino e trêmulo como uma haste de bambu. Ele havia se levantado e cumprimentado a todos com um leve aceno de cabeça.

— Vejam! — E com orgulho triunfal a tia abriu um armário, depois de lutar durante um certo tempo com um cadeado. — Eu já tinha muita coisa guardada antes de termos de pegar essas filas enormes. — E fechando a porta abruptamente: — Bom, sei que não é bastante, mas por enquanto vai dar para nós. Isso se conseguirmos escapar do cólera — acrescentou num tom soturno.

— Cólera? — estranhou a mãe.

— Vocês não sabiam? As autoridades turcas estão em alerta: parece que existem casos. Mas talvez sejam boatos.

Adriana Armony

— Era costume da tia dizer algo só para se desdizer em seguida, e nessas horas olhava para as suas vítimas com certo ar de mofa. — Judite vai trabalhar numa casa particular. Sabe lavar e cozinhar, não é? E Isaac pode se arrumar na aldeia: tem sempre trabalho lá para quem tem disposição. Faiga, você descansa. E você, pequena Batcheva — e apertou as bochechas da menina até deixar o rostinho magro inflamado de dor e de vergonha —, você se comporte bem com a titia.

Foram instalados num quarto escuro e nu, tendo como testemunha solitária um armário que rangia quando lhe abriam as velhas entranhas. Num canto, colchões mais confortáveis do que os de casa aguardavam a chegada da noite. Judite só sentia falta dos livros: não conseguira ver nenhum desde que chegara.

Mas logo teve o que ler. Na casa particular onde foi trabalhar, encontrou textos bem diferentes dos que havia na sua casa de Tzfat. Eram jornais e revistas, traduções de romances franceses ou russos, narrativas de amor e de guerra. Judite os lia às escondidas, entre vassouras e baldes, quando a patroa estava na rua buscando mantimentos ou simplesmente "esticando as pernas pra não ficar entrevada, que Deus nos livre" — o que queria dizer que ia encontrar suas amigas e comentar tudo que acontecia pela cidade. E não faltavam novidades: da casa de um comerciante muito rico, os turcos tinham levado todos os objetos de metal — para a indústria da guerra, diziam. Numa outra casa respeitável, haviam descoberto um menino doente e o levado para o hospital. A patroa, que sempre despejava tudo o que vira e ouvira para Judite, colocava a mão sobre os enormes

Judite no país do futuro

peitos arfantes e exclamava: "Coitadinho, nessa hora já deve estar morto!" Depois a mulher se arrependia de ter se dirigido à sua pequena criada tão familiarmente — e, para alívio de Judite, se retirava meio ofendida para os seus aposentos, deixando-a livre para sonhar com os poucos trechos que lera enquanto a patroa estava ausente. Descobrira, por exemplo, num jornal iídiche que o mundo era todo formado de átomos indivisíveis; ela mesma, os lençóis da cama que estava arrumando, um rato e os minúsculos bichinhos que espalhavam o cólera eram feitos da mesma matéria. E o mais estranho era que essa matéria, dizia o jornal, era ao mesmo tempo energia, o que tornava tudo meio fantasmagórico, como se o mundo fosse um imenso véu, ou melhor, uma emanação — pelo menos foram essas as palavras que lera uma vez no *Zohar* do avô e que nunca entendera. Seria essa a chave para entender a alma?

Durante alguns dias, Judite sentiu-se flutuar no meio das emanações: a patroa que vivia reclamando da limpeza, a mãe com o olhar cada vez mais opaco, Isaac se coçando compulsivamente. De súbito, Batcheva adoeceu, e a realidade se impôs sob a forma de dores de barriga e de cabeça, que Judite tinha de cuidar como podia. Segurava a cabeça da irmã quando ela vomitava, fazia soro caseiro, e depois de tudo lavava com infinito cuidado as mãos e as poucas frutas e verduras que comiam. Naqueles tempos o cólera se espalhava como fogo em mata seca. A polícia turca arrancava os doentes das casas para levá-los ao hospital, de onde todos sabiam que nunca voltariam. Aparentemente alguém denunciou a pequena Batcheva, pois a polícia turca foi buscá-la poucos dias depois de ter pegado a doença. Entraram ruidosamente afastando os móveis; gritavam e riam, com a desenvoltura de proprietários, enquanto a família contemplava-os sentada, com o olhar baixo do novilho pronto para o sacrifício. Judite os detestava, mas não conseguia tirar os olhos das fivelas dos cintos: quadradas, enormes, brilhantes.

— Onde está a menina? — inquiriam, fazendo gestos enfáticos com as mãos. Embora não soubessem uma palavra de turco, Judite, a mãe e os irmãos podiam entender perfeitamente o que eles estavam dizendo.

A mãe sacudiu a cabeça negativamente, sem conseguir articular uma palavra. Os policiais desistiram dela e voltaram-se para as crianças.

— Vocês têm uma irmãzinha, não têm? — Ninguém respondeu. — Malditos sejam, não entendem a nossa língua!

Olharam nas camas, nos armários, atrás das portas. Finalmente deram de ombros e passaram para outra casa. Lentamente, Judite, a mãe e os dois irmãos se levantaram e se abraçaram em silêncio: Batcheva escapara porque, quando ouviram o bater das botas da polícia se aproximando, cobriram a menina com uma colcha e sentaram em cima dela. Só bastante tempo depois da partida dos policiais Judite se lembrou de retirar a colcha. Todos riram quando apareceu o rosto da menina, aberto num sorriso envergonhado: "Terminou?", ela disse. Naquela noite, Judite teve sonhos confusos com colchas e fivelas reluzentes.

No dia seguinte, sentiu as calcinhas úmidas: havia ficado moça. Envergonhada, não disse nada para a mãe — afi-

Judite no país do futuro

nal, que importância tinha? Não queria preocupá-la. Aliás, não pretendia se casar tão cedo. Tinha verdadeiro horror das casamenteiras que enxameavam em torno das meninas casadoiras, acenando com viúvos de sessenta anos e olhos amarelados. Sabia o que devia fazer: era ela que tratava das cólicas da mãe, que às vezes eram lancinantes, e também lavava os paninhos dela. Separou alguns para si e trocou-os várias vezes durante o dia. O volume de sangue a assustou, e finalmente entendeu por que diziam que nesses dias a mulher ficava impura. Era assim que se sentia.

Agora, os policiais pareciam estar por toda parte. Num minuto eles entravam numa casa, e no outro saíam com alimentos em lata, baixelas de prata ou um senhor exangue apoiado nos braços. Num dia em que Judite saía do trabalho, viu alguns homens caminhando resolutamente na direção da casa. Tinha de avisar aos patrões, e sem pensar começou a correr. Será que eles haviam notado? De qualquer forma, não restava outra alternativa. Suas pernas, bambas de exaustão, pareciam mover-se sozinhas. Passou pelo portão, atravessou o pátio e ali estava a escada, três lances com uns trinta degraus de pedra em curva. Deveria gritar? Não, era melhor não; eles ouviriam, podia quase sentir as botas no seu encalço. Tinha vencido um lance de escadas. No meio do segundo lance, notou que a boneca da filha da vizinha do segundo andar estava encostada no canto de uma porta, a barriga aberta revelando o recheio de espuma, os olhos negros mal costurados e perplexos; foi quando, de repente, o chão lhe fugiu. O teto girou e ouviu um som de pano sendo rasgado. Só entendeu o que acontecera quando apalpou a perna e trouxe as mãos sujas de sangue para junto do rosto. Sem saber por que, cheirou-as com curiosidade. Quando os policiais passaram, mal lhe atiraram um olhar; desviaram-se dela, chutaram a boneca de pano e bateram na porta em frente. Judite começara a sentir dor e gemia baixinho. "Conhece essa menina?", perguntou um deles para a vizinha que abrira a porta. Ela apontou a porta de cima com o queixo e Judite não viu mais nada.

Dois dias depois ainda estava de cama. A ferida da perna, que tinha a forma de um mapa, ganhara uma coloração arroxeada. A patroa a alojara numa cama de armar, coberta com um colchão cheio de furos por onde escapava a palha. Como que por milagre, Batcheva tinha se curado, e a mãe voltara com as crianças para Tzfat. Era a tia que vinha todos os dias tratar da ferida — e ela o fazia com uma abnegação a que não faltava certo orgulho. Não parava de suspirar enquanto limpava, revolvendo a pele lacerada como quem esfrega uma roupa. Judite sentia dor, mas ficava bem quieta. Dependia dos outros para tudo; não podia nem mesmo ir ao banheiro sozinha ou lavar suas próprias roupas. Com medo de incomodar, ficava parada durante horas na mesma posição, pensando.

Quem não gostou nada daquilo foi a patroa. Era só o que faltava! Os policiais turcos haviam levado quase todas as reservas — felizmente ela tinha um dinheirinho e se entende-

Judite no país do futuro

ra com os homens para salvar o mais importante. E agora tinha uma boca a mais para alimentar, e naquelas condições! O pior é que descobrira que várias vezes durante a noite, e mesmo de madrugada, o marido se levantava e ia até a sala. Uma vez, levantou-se e viu-o contemplando a menina. A colcha resvalara para o chão, e os pequenos seios brotavam sob a camisola leve. O homem alisava a barba devagar, muito comovido. Os tufos de pêlos que saíam das suas narinas vibravam. Depois sacudiu a cabeça, agarrou a cabeça com as mãos largas e ossudas e saiu para a noite fresca.

Mas, enquanto a maldita perna não melhorasse, a patroa nada podia fazer.

E havia também o filho, Israel, que passava longos períodos conversando com a menina. Diziam que em breve os jovens seriam convocados, e o rapaz já estava com dezessete anos. Tinha olhos bem negros e sobrancelhas que se juntavam em cima de um nariz comprido como um gancho. Falava rápido e olhando para os lados, como um animal comendo. Era ele que comprava aquelas revistas que falavam sobre átomos e matéria que virava energia. Tinha idéias sobre tudo, e Judite ficava muito impressionada quando o ouvia. O mundo nascera sozinho, de uma explosão, e a matéria continuava se afastando, ao acaso, num mar infinito onde erravam planetas, estrelas e cometas. Antes disso, tudo era uma imensa névoa.

— E antes?

— Antes do quê? — respondia o jovem, nitidamente contrariado com a interrupção.

Adriana Armony

— Antes da névoa.
— Não havia antes. A névoa existia desde sempre.

Judite passava horas e horas pensando, mas, por mais que tentasse, não conseguia pensar num tempo ou num espaço ilimitado. Sua cabeça sempre saltava para um antes ou um depois.

— Mas, se não teve começo, como foi que o tempo apareceu? Porque, se a névoa existia eternamente, o tempo ainda não existia!

Chegara à conclusão de que, se não havia antes ou depois, não podia existir tempo nem espaço.

Israel franzia as sobrancelhas, irritado, subitamente esquecido de que estava conversando com uma menina, e contra-atacava, zombeteiro:

— Sei no que você está pensando. Que diferença faz chamarmos esse começo de Deus ou não? O universo é movido por leis cegas. A ciência está desvendando tudo, e dentro de pouco tempo o homem poderá mais do que Deus.

— Com o pouco que sabe, o homem já faz bastante mal a si mesmo. As armas e aviões que inventou estão matando milhares de homens.

— Não estou falando desses estúpidos. Estou falando de lutar para o bem da humanidade! — guinchou Israel.

— Para o bem da humanidade?

— Por uma boa causa. Para que haja igualdade, para que todos recebam segundo a sua necessidade, para que não haja mais miséria. Basta de exploração! — Ele mesmo se pa-

Judite no país do futuro

recia muito pouco com um explorado; ao contrário, a mãe costumava mimá-lo bastante. De repente, sua voz tornou-se um sussurro. — É isso o que querem os bolcheviques, na Rússia. Até os judeus serão tratados como iguais. As mulheres terão direito de estudar, e até de escolher os homens que quiserem ter. — E um sorriso suplicante cortou o rosto de Israel. Ficaram alguns minutos em silêncio, ouvindo os golpes que a mãe dava na massa do pão que preparava para o Shabat. Judite ouvira falar — e mesmo assim vagamente — apenas das idéias sionistas: algumas vezes seu pai mencionara "grandes homens, com grandes ideais", ou "personalidades de destaque", que estavam destinadas a ter uma importância que "mesmo ele, um homem simples, um tecelão de meias, que pouco sabia de política ou de ciência", reconhecia, "embora", acrescentava, "o mais importante seja seguir a lei de Deus, que nos escolheu". Judite já ouvira falar também de moças que pretendiam se casar sem o intermédio de casamenteiros. A avó declarara uma vez que era impossível alguém fazer um bom casamento sem conhecer bem a família do outro e que era um grande pecado deixar-se seduzir pelas aparências: "O corpo é só a casca, e de que vale uma bela casca se o fruto está podre?" Judite não sabia se um casamenteiro cheirando a alho e remédio reconheceria um bom fruto, mas aquela referência a homens, assim no plural, a perturbara. Pisando em ovos, recomeçou:

— As pessoas são diferentes, não podem ser iguais. Minha mãe diz que se não existirem pobres, não haverá quem faça o trabalho deles. Mas por que devem existir pessoas que trabalham o dia inteiro e mesmo assim não têm quase nada? O que é preciso é existir justiça. Só faz sentido Deus existir se for um justo — surpreendeu-se dizendo.

No fundo, continuava pensando em Deus como um velho de longas barbas, que às vezes se enfurecia mas que no fim das contas seria justo. Fora assim no dilúvio e no êxodo do Egito, e aqueles que viviam na Terra Santa, como ela, estavam há mais de dois mil anos esperando pacientemente a justiça chegar.

Depois de uma semana, Judite havia melhorado um pouco: já podia se sentar e andar, embora mancando. No dia seguinte, a patroa a acordou antes do amanhecer, quando a casa toda ainda dormia. Deu-lhe uma fatia de pão e sentou-a no lombo de um burro, dizendo:

— Você precisa voltar para a sua casa. Sua mãe e seus irmãos precisam de você.

E fechou a porta.

Judite ficou ao mesmo tempo perplexa e aliviada. A perna ainda doía, mas lembrou-se de que logo veria a mãe e os irmãos e começou a tocar o burrinho velho e cansado. A lama grudava nas patas do animal, que soltava de tempos em tempos um suspiro de resignação milenar. Judite guardou a fatia para dar à mãe, que provavelmente não comia pão há dias. Lembrou-se do rapaz Israel e enrubesceu. Logo estaria lutando na guerra, arrastando-se pelo chão, talvez também com uma ferida na perna. Judite sentiu uma fisgada estranha na barriga. Pela primeira vez, achou-o bonito.

6

Encontrou a mãe e Moishele doentes. Ela contou-lhe que o avô havia morrido enquanto dormia após as orações noturnas, sem dor alguma, como um verdadeiro justo. Poucos dias depois, a avó, muito abalada, desmaiou em cima da sopa, e foi levada para morar na casa do seu outro filho, um homem tão rico quanto egoísta. Isaac continuava trabalhando numa aldeia próxima e de vez em quando mandava algum dinheiro. Um ar abafadiço pesava sobre a sala em desordem e os quartos cheiravam a mofo. Ainda fazia frio, e lá fora o ar estava limpo e fresco. Judite entregou o pão à mãe e a obrigou a comê-lo. Viu feridas desabrochando em seus pulsos e pernas. A pequena Batcheva, com os olhos arregalados cheios de remela, segurava o vestido da irmã como se ela pudesse sair correndo de repente. Judite abriu as janelas, machucando os olhos da mãe, que os cobriu com a mão descarnada. Fazia tempo que não via a luz do dia.

— O que vocês estão comendo? — perguntou Judite.

— Desde anteontem eu não estou conseguindo me levantar para fazer o pão, mas o Isaac de vez em quando arruma alguma coisa. E ainda existem algumas almas caridosas que nos ajudam.

— Tem alguma comida em casa?

— Acho que tem alguns grãos de dura ainda no cesto da cozinha.

A dura era uma espécie de grão, geralmente dado às galinhas, com o qual Judite costumava preparar o seu pão e o das crianças. Mais de uma vez, uma surpresa as aguardava quando chegavam do *cheder* onde estudavam: Judite guardara a sua parte para dar a elas. Alimentava-se do olhar dos irmãos — sentia tanto prazer em ser magnânima! Além do mais, nos últimos tempos perdera o apetite; e embora o estômago lhe doesse, com freqüência o sentia cheio.

Era a isso que estavam reduzidos, mas a mãe doente não podia ser tratada como uma galinha. Precisava de leite e açúcar, mas onde arrumar dinheiro para comprá-los? Só restava a Judite pedir ajuda aos conhecidos que estavam em situação um pouco melhor. Do tio rico, um homenzinho baixo, de mãos úmidas e barriga pontuda, que costumava se queixar de que todos só queriam o seu dinheiro, era quase impossível conseguir alguma coisa. Além da mãe do pai de Judite, moravam com ele a sogra e duas meni-

Judite no país do futuro

nas muito mimadas, que acariciavam as suas barbas e lhe faziam massagens nos pés — "duas verdadeiras jóias" — e depois lhe pediam roupas e sapatos. "Só dessa vez", bufava ele. E dava um jeito de reduzir o pagamento da cozinheira. Moishele sempre voltava da casa do tio de mãos vazias. Judite lembrou-se então da história do mendigo esfarrapado e faminto que sempre pedia uma esmolinha, pelo amor de Deus, mas ninguém lhe dava a menor atenção. Um dia, transformou seus farrapos numa roupa de bobo da corte, foi até o rei e divertiu-o com piadas e salamaleques. O rei se acabou de rir e encheu o chapéu do mendigo de moedas de ouro. Assim lhe contava sua avó: a alegria atrai riqueza, a miséria incomoda como uma acusação. A idéia se formou sozinha: chegaria no portão, chamaria o tio e lhe perguntaria se gostaria de ouvir uma das suas histórias. A princípio ele recusaria, até que finalmente, já esboçando um riso de escárnio, concordaria em ouvir o início. Judite escolheu a do elefante no deserto, que era a mais engraçada. Aos poucos, o tio se renderia, e no final explodiria em gargalhadas, balançando a cabeça miúda: "Essa é mesmo boa, muito boa." E num instante voltaria com as moedas, pedindo que ela não deixasse de vir no dia seguinte.

Em Tzfat, as casas se amontoam sobre os ombros umas da outras; a casa dele ficava um pouco acima da sua. A cidade parecia mergulhada num azul profundo. Enquanto descia devagar as ruas estreitas e sinuosas, calculava: ofereceria seu trabalho em troca de algum dinheiro, e já havia preparado sua fala quando viu a prima no quintal gritando para a irmã: "Lá vem a pobre órfã desmazelada! Quer dinheiro? Toma!" E jogou uma pedra, e depois outra, e outra. Percebeu uma massa escura zunir ao lado do seu rosto e cair no chão com um baque surdo. Uma das pedras atingiu a sua perna, que ficou inchada e dolorida. Protegeu-se na curva de um muro e girou o corpo para subir. A paisagem tremeluzia sob as suas pálpebras, não sabia se por causa da umidade do ar ou das lágrimas. "Por que as coisas não são como nas histórias? E por que essas meninas más têm dinheiro e têm pai? Será que só pode haver justiça no outro mundo?", remoía enquanto mancava, e o desespero lhe revirava o estômago vazio. Quis que as primas caíssem fulminadas naquele instante, e imaginou que diabos saltariam de dentro delas guinchando e dançando, e levariam os corpos para bem longe, lá onde se arrastam as almas escuras. Naquela época, conseguia tirar força da sua raiva.

Finalmente, alguns conhecidos a ajudaram com um pouco de dinheiro. Ela trancava a comida que conseguia comprar e sempre levava a chave consigo, com medo que os irmãos famintos a devorassem. Com o milho que comprou com o dinheiro, fazia comida para a mãe e bolinhos que Moishele ia vender no mercado árabe. Algumas vezes, o menino voltava com as mãos vazias, chorando:

— Os meninos árabes roubaram tudo! Eram três: um puxou de um lado, o outro segurou a minha perna e o terceiro só ficava rindo! Desculpe, desculpe!

— Você não tem culpa, Moishele. Só tome mais cuidado.

Judite no país do futuro

Um dia, depois de um desses roubos, Moishele mastigava o pão da refeição noturna muito lentamente, revirando-o na boca. Quando achou que Judite não estava olhando, cuspiu-o rapidamente na palma da mão e guardou-o no bolso. Judite fulminou-o com o olhar e disse apenas:

— Deus sabe sempre de tudo, mas eu também tenho dois olhos que a terra ainda não comeu.

Naquela noite, Moishele não teve coragem de pedir que Judite lhe contasse uma história, mas de madrugada foi ela que segurou a sua cabeça com firmeza quando vomitou tudo.

7

Quando Judite saía de casa, evitava olhar para os lados. Crianças inchadas de fome se estendiam nas ruas e a poeira se depositava em cima dos pequenos corpos. Filas enormes se formavam de repente, a qualquer esperança de comida. Uma vez viu dois meninos se precipitarem sobre uma casca de laranja que uma senhora jogara no chão: um deles machucou o joelho e gemia enquanto olhava o mais forte engolir a casca numa única dentada. Ela mesma às vezes sentia uma vontade louca de comer terra ou pedra, embora não mais sentisse fome. Os pensamentos voavam em volta da sua cabeça como cupins atraídos pela luz: por que precisava existir tanto sofrimento? Eram tão grandes assim os pecados dos homens? E por que aquela criança de três anos, de pernas finas e barriga estufada como um balão, tinha que pagar por eles? Afinal, para que aquela imensa névoa primordial da qual falara Israel explodira e se transformara em tudo aquilo? Talvez para a diversão de Deus. Talvez Deus fosse como um menino envelhecido que precisava se distrair da eternidade com histórias, e quem não sabia que as melhores histórias eram as que tinham tristeza e mistério?

Embora soubesse que era pecado, não podia evitar propor tratos a Deus: "Se o Senhor existe, faça minha mãe melhorar." Em troca, oferecia sua crença eterna, ou rezas na sinagoga, ou ainda aceitar por marido algum velho piedoso cheirando a alho e remédio. Tudo em vão.

Ou quem sabe Israel tivesse razão: tudo eram forças cegas se chocando na escuridão. Com as pontas dos dedos, alisou a pedra áspera do muro de uma casa. Duas faixas de sombra cortavam a parede úmida. A vegetação se infiltrava pelas frestas das pedras, de um tom alaranjado que refletia o fim da tarde. Um passarinho cantou ao longe um lamento. Há quantos séculos essas pedras estavam ali? Seria possível que elas também tivessem alma? Nesse caso, suas almas eram muito mais velhas do que a de qualquer pessoa. Talvez aquela pedra já tivesse sido um sultão, ou um rato... Quando desviou o olhar das pedras, levou um susto. Parecia escorrer sangue do céu. A noite logo chegaria. Naquele dia, não conseguira nada para comerem. Não tinha mais nenhum dinheiro, e como podia pedir ajuda novamente? Seus conhecidos também passavam por dificuldades cada vez maiores. Um pensamento contraiu-lhe os lábios quando se aproximou de casa. Era errado, era feio, mas não parecia haver outra alternativa.

A mãe cochilava no sofá, de boca aberta. Seu rosto estava tranqüilo como o de uma morta. Foi até o canto da sala e abriu o cofre. Sem uma palavra, os irmãos a seguiram, pressentindo algo importante. Um por um, foi retirando os objetos: lençóis bordados, toalhas, uma colcha colorida. Era o enxoval de uma parenta distante que viera para a Palestina arrumar marido, ficara por um tempo na casa deles e partira para trabalhar numa *moshavá*, onde imaginava que encontraria um rapaz trabalhador e honesto. Sem ter como levar o enxoval, deixara-o guardado na casa deles. Quando a moça, orgulhosa, mostrara para eles os objetos guardados no cofre, o pai segurara no ombro de Judite, parecendo consolá-la por não ter um enxoval daqueles, mas ela não se importava. Não sabia por que, mas achava que nunca se casaria. Sorriu tristemente ao pensar que agora poderia usá-lo.

No dia seguinte, juntou tudo numa pilha que levantou cuidadosamente, comprimindo-a com o queixo. Bateu em várias casas e conseguiu vender um dos lençóis. Naquela mesma noite, a mãe sentiu-se muito mal: a garganta fechara. Cuspia o leite que Judite lhe estendia, delirava, torcia as mãos, aflita: "Seu pai voltou? Onde está seu pai? Não tem mais fio, como ele vai fazer as meias? Ai, sinto frio nos pés! Onde estão as meias?" Judite já calçara a mãe com duas meias em cada pé; o que mais podia fazer? Cobriu-a até o queixo, que batia como uma castanhola enlouquecida, recomendou aos irmãos que não saíssem do lado dela e foi procurar o tio. Dessa vez chegou rápido. As primas estavam recolhidas em seus quartos. O tio anotava alguma coisa num minúsculo caderninho e não levantou os olhos enquanto ela falava: "ver minha mãe... muito doente... chamar o médico..." Ele levantou a cabeça, que lembrava uma manga chupada, e disse, com um sorriso mau: "A cada vez você vem chorando que sua mãe está à morte, e ela ainda não morreu. E quem vai pagar o médico? Não tenho dinheiro para dar, não." "Eu já disse, tio, tenho um pouco de dinheiro, acabo de vender um lençol do enxoval." Seu sorriso se arreganhou numa gargalhada: "Enxoval? Essa é boa! Onde já se viu seu pai ter dinheiro para te dar um enxoval?" Judite queria explicar ao tio que o enxoval não era dela, mas teve medo de que ele a chamasse de ladra.

Espigada como uma censura, a avó surgiu de um canto da sala e puxou a mão de Judite. "Meus filhos são como Caim e Abel, como Esaú e Jacó." O tio sempre tivera inveja do pai, que era mais inteligente e apenas sorria com os olhos quando o irmão o provocava com sua língua de molusco, ou com os pequenos punhos, que o irmão mais velho afastava para o lado como se fossem algo impertinente. "Eu pareço uma cadela velha e sarnenta, mas ainda posso ser útil, minha filha." E assim, depois de encontrarem um médico que deu um remédio para Faiga, passaram a noite inteira sentadas ao lado da cama da doente. No dia seguinte, ela melhorou um pouco e esboçou um sorriso envergonhado, como quem pede desculpas. Mas à noite a

Judite no país do futuro

febre voltou a subir: estava com tifo, e teria de ficar internada num hospital.

Dias e semanas se passaram. Pela janela do hospital, Faiga olhava sem ver nada. Perdera a noção do tempo; dormia e acordava irregularmente, entre sonhos tumultuosos que pareciam reais. Via sua mãe, que ainda estava viva e morava em Jerusalém, olhando-a com ar intrigado, uma ruga no meio da testa. De repente, ela mesma aparecia diante de si, mais jovem, penteando os cabelos e dançando descalça no chão frio. Parecia esperar alguém. "Meu marido!", lembrava-se então alarmada. "Onde está meu marido?" Tinha de sair urgentemente: corria para colocar a touca mas as pernas estavam paralisadas. "É o frio", pensava, dando-se conta de que tremia. Acordava em cima de lençóis molhados, com um grito estrangulado que alarmava a enfermeira, uma mulher gorda e ofegante que tinha a curiosa mania de falar consigo mesma como se fosse um bebê: "Vamos, Yentl, não é nada. Agora você faz assim, assim e pronto. Os doentes às vezes exageram, está tudo bem", e assim por diante.

Judite todos os dias passava junto à janela do hospital para ver a mãe. Naquele dia, tinha piorado muito. Mal erguia a cabeça, tal o peso que a esmagava. "Minha filha, vá até a sinagoga rezar por mim", soprou no ouvido de Judite, como quem emerge por alguns instantes de um poço muito profundo.

"Será que Deus vai me ouvir?", pensava Judite, apavorada, enquanto seus pés corriam. Nos últimos tempos, estivera duvidando e fazendo chantagem com Deus. Temia ir à sinagoga, como se todos aqueles homens sérios de longas barbas oscilantes fossem ler seus pensamentos. Não conseguiria entrar lá sozinha, e, apesar de não querer encontrar o tio, só lhe restava buscar sua avó e pedir que ela a acompanhasse.

Para qualquer ponto que se olhasse, o interior da sinagoga brilhava. Havia ali uma calma alegre e doméstica, refletida nos desenhos coloridos que se espalhavam no piso e no teto. Em sua simetria, pareciam dizer que o mundo foi organizado segundo um plano superior, que se poderia atingir pela contemplação. Pelo menos era o que aqueles homens desejavam ardentemente, balançando para a frente e para trás. Judite e a avó foram até a parte reservada às mulheres e rezaram lado a lado, como duas irmãs. Alguns dias depois, não se sabe se por causa da reza ou dos remédios, a mãe melhorou.

Judite nunca esqueceria o dia em que voltou a freqüentar a escola. Lá estavam a Luba e a Ilana, visivelmente mais magras, escrevendo com letra caprichada em seus livros de estudo e espiando-a com indiferença calculada. Judite ficou o tempo todo tentando arrumar os cabelos, que de repente lhe pareciam um ninho de cobras. Uma menina a apontou e riu. Lá fora, o sol brilhava frio e indiferente.

Era a única da sala que não tinha o livro. Mais de uma vez, foi repreendida pela professora porque não preparava as

Judite no país do futuro

lições de casa. "Já que a senhorita não preparou as lições, vai assistir às aulas numa turma mais fraca", resolveu. Já pedira a algumas colegas que lhe emprestassem o livro ou lhe permitissem estudar na casa delas, mas ninguém aceitara. Queria dizer que não podia comprar o livro, mas o respeito pela professora e a vergonha de ter sido rejeitada pelas colegas a paralisavam. Era quase um medo físico: a mulher era larga e forte como um homem e seu rosto lembrava uma enorme batata. A voz dela era monótona mas vibrante e, embora estivesse muito longe de explicar os mistérios que tanto a afligiam, traçava um mapa simples e ordenado das coisas, no qual cada uma era parte de um projeto e tinha uma função. Apesar de tudo, ela era grata à professora por isso.

Naquele dia, voltou chorando para casa. Passara o dia sentada ao lado de crianças pequenas, que a chamavam de burra assim que a professora virava as costas. A mãe lhe perguntou o que acontecera e prometeu que daria um jeito naquilo. Que coisa estúpida, uma menina tão responsável, tão inteligente, tendo de chorar por causa dos colegas de escola! Conversou com a mãe de uma das alunas, que lhe permitiu que Judite usasse um dos livros da filha. A mãe lhe pareceu então bela e poderosa, e teve certeza de que ela não iria morrer.

Mesmo assim, Judite andava nervosa. Em alguns momentos, quedava-se imóvel e sonhadora, como se esquecesse o que estava fazendo neste mundo; em outros, batia na própria cabeça e, rangendo os dentes, se chamava de burra. Fazia um drama porque o irmão comera parte da comida reservada à mãe; depois se arrependia e o beijava mil vezes enquanto estava dormindo. Privava-se do seu pão para dá-lo à pequena Batcheva e tornara-se magra como uma folha. Às vezes, virando numa rua, pensava reconhecer a prima do enxoval vindo na sua direção: com o rosto largo das gordas, ela a olhava com ar de reprovação e desprezo. No caminho para a escola, via cenas terríveis. Chegara a época do recrutamento, e todos os jovens e adultos da cidade tinham sido convocados. Para não serem levados para o exército, muitos viviam escondidos — mas não por muito tempo. Os soldados turcos conduziam os homens até a praça, curvados como mulas, açoitando-os para que andassem mais depressa. Atrás deles, as mães torciam as mãos e rasgavam pedaços dos vestidos, como estava escrito na Torá. Da praça, seus soluços e lamentos subiam até o monte Miron, misturando-se ao vento que agitava a copa das árvores.

Às vezes, acontecia de Judite conscientemente congelar uma cena qualquer e pensar: disso eu vou me lembrar. Em geral escolhia momentos neutros, como quem desafia as leis da memória e do esquecimento: as oliveiras molhadas pela chuva, a mãe cantarolando distraída, o som de uma reza ressoando nas sombras de uma rua. Dessa vez era diferente. Dia após dia, havia fatos que se impunham. Como este: fascinada, Judite olhava o jovem que tinha acabado de chegar ao centro da praça. Tinha a expressão estranhamente calma e mexia a boca silenciosamente. Rezava? Ou quereria acalmar a mãe que, esquecida de qualquer pudor, agarrava as pernas do soldado mais próximo, que a sacudia como um boi afasta uma mosca com a cauda? De repente, um corpo escuro se desprendeu da massa de nuvens que cobria a praça. Um som que — reconheceram todos depois — parecia um ronronar insignificante cresceu e agora parecia triturar pedras.

A notícia se espalhou rápido: Tzfat via o primeiro avião da sua história! O jovem levantou os olhos e abriu a boca lentamente. Talvez pensasse então que a guerra lhe traria grandes aventuras, e, apesar de toda a tristeza, quisesse experimentar a grandeza cruel que vislumbrou naquelas asas frias e brilhantes. Então os homens eram capazes de criar esse imenso animal morto e com ele invadir terras e flutuar nos céus... Enfim, o avião aterrissou. A mãe largara a perna do soldado e olhava o imenso objeto sobrenatural. A cidade toda amontoara-se na praça: crianças em algazarra tocavam a fuselagem do avião, soprando-o com o hálito das suas pequenas bocas para ver se embaçaria; homens com vozes poderosas apregoavam o seu espanto; velhos se afastavam, receosos e como que ofendidos.

A chegada do avião abriu uma nova fase da guerra. Ficou claro para todos que em breve chegariam novos aviões, e desta vez inimigos. De repente, todos procuravam uma forma de escapar de Tzfat. Mas como? Os turcos permitiam aos cidadãos austríacos voltar para o seu país, e logo apareceu na cidade um homem que vendia passaportes falsos por um bom preço. Os que chegavam à Áustria escreviam dizendo que a situação ali de fato era muito melhor. Com isso, não só o trabalho do homem se intensificou, mas também a verdadeira caçada que os turcos promoviam para capturá-lo. Ninguém queria abrigá-lo, pois as autoridades tinham ameaçado castigar a família inteira da casa onde ele estivesse escondido.

Era um homenzinho baixo, magro, com tufos de cabelo grisalho espetados dos dois lados da cabeça e nariz achatado. Seus olhos tristes contrastavam com a boca risonha e melíflua. Falava muito rápido, e seus dedos se moviam constantemente, como se tocasse piano. Um dia ele apareceu na casa de Judite e lá ficou. Como o homem pagava muito bem, a mãe aceitou escondê-lo, e, apesar dos sobressaltos a cada vez que ouviam os soldados turcos se aproximarem, a vida deles melhorou bastante.

— Meus bons amigos, por caridade, gostaria muito de retribuir os seus préstimos. — Gostava de usar extensas fórmulas de cortesia num hebraico estropiado, embora no canto dos seus lábios sempre transparecesse certa ironia. — Apesar de eu estar pagando, é claro. Está ótima a sopa. É exatamente como a que a minha falecida mãe preparava. Mas onde eu estava? — Passou a língua nos lábios, de onde escorria um pouco de gordura de galinha. — Essa boa menina merece mais do que tem aqui; e dizer que essas pobres crianças são netas de um rabino! Sei que não sou santo, mas reconheço quando vejo um. E, afinal, o que faço eu de errado? É a guerra, o que podemos fazer; todos procuram não perder, e quem pode tenta ganhar alguma coisa com ela. Por favor, não se preocupem comigo, consegui um lugar seguro para ficar. Vou preparar para vocês

Judite no país do futuro

passaportes para a Áustria; de lá vocês poderão seguir para o Brasil. Não custará nada para vocês. Posso ser mau, mas não sou um ingrato. Não, não precisam agradecer. Uma colherzinha mais de sopa, por favor. E a senhora, não come? Talvez fosse bom ver um médico. Obrigado.

Foram mais ou menos essas as palavras que o homem disse. Faiga se encheu de esperança, mas, depois de uma noite de maus sonhos, começou a desconfiar. Seus nervos ainda estavam fracos, o corpo lhe doía freqüentemente. Alguém usara a palavra histeria, pronunciando-a como se cuspisse. Judite não sabia o que significava, mas boa coisa certamente não era. Às vezes, as vizinhas se espantavam de a mãe ficar deitada no meio da tarde. "Ainda?! Não pode nem mesmo levantar para arrumar a casa?", gritavam. "Pobres meninos" — e continuavam a pendurar a roupa no varal. E, quando chegava a noite, batiam na porta para averiguar a verdade com os próprios olhos.

Finalmente, Faiga decidiu procurar um bom médico em Jerusalém, onde morava sua mãe. Como confiava em Judite, levou Moishele consigo e deixou Isaac e Batcheva com ela. A menina chegara aos cinco anos quase muda e cheia de sobressaltos. Parecia um passarinho trêmulo expulso do ninho, e por isso Judite a amava tanto. Quanto a Isaac, ultimamente ficava longos períodos calado e imóvel. Nem mesmo coçava mais a perna. Quando Judite lhe pedia alguma coisa, fazia-a lentamente, aplicadamente, mas às vezes parava no meio da sala, o ar ausente, de súbito esquecido do que devia fazer.

Foi exatamente assim que ficou quando homens e mulheres invadiram a casa e pegaram tudo o que puderam agarrar com as mãos: panelas, caixinhas, lençóis, almofadas, colchas. Quando os credores souberam que o pai lhes enviara algum dinheiro, imediatamente vieram exigir o pagamento e, não encontrando nada, não hesitaram em saquear a casa. De pé, chorando no meio da sala, Judite não sabia o que fazer. Desesperada, saiu de casa deixando a porta aberta. Só lhe restava escrever para a mãe pedindo que voltasse o mais rápido que pudesse.

8

Era impossível dormir: no dia seguinte embarcariam para a Áustria e logo estariam no Brasil... Judite revirava-se no colchão: quando estava ansiosa, sentia a barriga doer ainda mais. Via a imagem do pai, no meio da selva; deixara crescer a barba e tornara-se ainda mais calado. Ele surgia grande e sábio do meio das folhagens, acompanhado de um nativo peludo que grunhia numa língua estranha e a quem dava instruções precisas. O homem ouvia tudo com atenção e levava a bagagem toda em cima das costas enormes... mas para onde? Judite não conseguia imaginar.

Depois que a mãe tinha voltado de Jerusalém e decidido aceitar a oferta do homem dos passaportes, venderam tudo o que restara para cobrir as despesas da viagem. Foram dias febris. Agora faltava pouco.

No dia seguinte, formou-se um estranho comboio. Judite, com dois borrões roxos sob os olhos, subiu num caminhão junto com Isaac. Atrás, a mãe e os dois irmãos menores iam montados em mulas. Na estrada, uma carroça atrelada a dois burros fechou-lhes a passagem, quase os lançando no abismo. Apesar do susto, Judite sentia-se protegida. Se a morte se aproximara tantas vezes sem levar nenhum deles, não seria tudo apenas uma prova? E, assim, se a vencessem, se continuassem no caminho reto, estariam a salvo.

Chegaram a Tveria, onde ficaram alguns dias na casa da tia. De lá, continuaram a viagem. O dinheiro fora suficiente apenas para o bilhete de Faiga: Batcheva foi sentada em seu colo enquanto Judite e o irmão se esconderam sob o banco do trem, atrás de alguns embrulhos.

Aqui tudo se torna impreciso e violento, como num sonho ruim.

Judite lembrava das botas, que conseguiu ver por entre as malas e embrulhos, de uma borracha negra e carnuda. Elas pararam a milímetros dos seus dedos e lá em cima uma voz falou uma língua abafada que soava vagamente como turco. Na sola um punhado de terra coagulada se misturava a um fio de cabelo crespo, e ela ficou imaginando de quem seria e como fora parar ali. Uma mulher grávida teria sido lançada ao chão pelos soldados, que riam ao redor de seu corpo, pisavam nos cabelos desgrenhados, enquanto ela implorava por amor da mãe deles; e um soldado teria se zangado, quem era ela para sujar com sua imunda boca judia o nome sagrado. Ou então seria o cabelo da mãe ou

Judite no país do futuro

da irmã de um deles — pois deveriam também ter mães e irmãs, apesar de tudo —, um cabelo que voara de sob o véu de uma delas para jazer junto ao portão da casa, onde fora recolhido pela bota, enquanto os parentes se despediam com uma despreocupação forçada.

Muito pálida, Faiga repetia com voz ofegante que embaixo do banco onde estava sentada só havia bagagem. As botas chutavam e chutavam. Judite sentiu as costas do irmão, uma pequena bola de pavor, se espremerem contra os seus joelhos. Quando estendeu a mão para tocá-las, sentiu um calor molhado se espalhando por baixo dela. Felizmente, o homem foi embora antes de o líquido atravessar os embrulhos e formar uma poça espumante e amarela aos pés dos passageiros.

Enquanto Moishele fitava o chão com uma tristeza infinita, escondendo as pernas molhadas atrás de uma das malas, a mãe lhes contou que não era um soldado turco, mas o bilheteiro do trem que desconfiara deles. Ou acabara se convencendo, ou tinha ficado satisfeito depois de descarregar sua raiva com os pontapés.

Em outro momento, estavam dentro de um vagão sem teto. Partículas incandescentes de carvão vinham pelo ar e caíam sobre eles, rasgando o céu negro com um fulgor fantasmagórico. Moishele arregalava os olhos e agarrava a mão da mãe, que, enfraquecida, apertava-a o mais que podia. Judite tremia como se estivesse com febre. As fagulhas lhe pareciam minúsculos demônios saídos da Geena, dançando e agitando suas caudas de fogo. Fascinada, Batcheva ria e batia palmas: não pareciam pequenas estrelas caindo? Sua boba, respondeu Moishele, as estrelas ficam coladas no céu, muito longe da terra. Isso é fogo, e queima. E lá ficavam, olhando para o céu, cobertos apenas com o silêncio.

Depois, em um vagão de carga, uma mulher deitara os filhos junto à porta, acomodando-os sobre duas almofadas. Quase chegando na estação, ouviu-se um baque surdo: a porta abrira-se e as crianças rolaram para fora do trem. Judite lembrava-se das vozes entrecortadas dos pais, da devastação dos seus rostos quando saíram correndo para procurar os filhos e da sua expressão quando voltaram com as crianças no colo, ainda dormindo sobre os pequenos travesseiros. "Deus olhou por nós", disse a mulher. Seu rosto brilhava de gratidão e horror.

Havia, em cada estação, pessoas enviadas por entidades de socorro para socorrer os emigrantes, que eram levados para uma grande sala iluminada onde recebiam comida. Judite olhava disfarçadamente os outros emigrantes: será que se pareciam com eles? Pegavam a comida assim, olhando para os lados e fazendo-a sumir na boca? Estavam desconjuntados como os trapos que vestiam? Tinham nos olhos a mesma vergonha misturada com determinação?

Em todas as estações havia alemães. Estavam por toda parte, com seus corpos brancos e pesados. Nas paradas do trem, quando as crianças lhes pediam comida, atiravam-lhes pão como quem joga um osso a um cachorro. As crianças corriam para pegar o pão e os alemães explodiam

Judite no país do futuro

em gargalhadas. Uma vez, tiveram de passar a noite numa estação: o trem só sairia na manhã seguinte. Fazia um frio de cortar os ossos e Moishele foi procurar um vagão vazio. Deitaram-se mas, mal adormeceram, chegaram os alemães e os enxotaram como se fossem uma manada de ovelhas.

Em Constantinopla, foram instalados no hotel Jerusalém. Malas e embrulhos amontoavam-se no centro de um grande salão. Em volta deles deveriam dormir os refugiados. À noite, o salão fervilhava: homens paramentados com seus quipás e *tefilin* balançavam e quase batiam as testas nas paredes; mulheres amamentavam crianças de colo; crianças concentradas usavam malas e pequenos objetos para construírem estradas e pontes. Faiga, enfraquecida, os olhos semicerrados, franzia a testa como se cada som da sala lhe doesse. Judite reconheceu entre os refugiados um judeu respeitável e influente da comunidade de Tzfat que conhecia sua família. Tinha a barba branca e a testa alta, e levantou as sobrancelhas em direção à calva quando ela lhe pediu para que a ajudasse a conseguir uma permissão para internar a mãe no hospital austríaco que havia em Constantinopla: "Você tem dinheiro para me pagar o trabalho?", respondeu. Ela implorou, mas o velho virou o rosto e pôs-se a remexer nuns papéis. A mãe estava dizendo alguma coisa bem baixinho. "Leite", conseguiu escutar. "Quero um pouco de leite", soprou. Nunca havia pedido nada, e Judite entendeu que, se não tomasse leite, a mãe ia morrer.

Adriana Armony

Tinha de fazer alguma coisa. Saiu como uma louca pelo saguão do hotel, levando uma vasilha que tinham trazido na bagagem: "Por favor, por favor, como se diz leite em turco?" Um homem se desviou dela, outro sorriu com repugnância, uma mulher balançou a cabeça, até que um senhor atarracado como um camponês lhe disse a tradução da palavra. "Por favor, um pouco de leite", gritava, em turco, vagando pela rua. Será que ninguém a ouvia? Será que não havia um pouco de leite naquela terra? Quando voltou ao hotel com a vasilha vazia, os homens cercavam a sua mãe. De repente estavam todos dentro de um carro, rumo ao hospital, mesmo sem a permissão. Alguém disse: "Para que trouxeram essa mulher para cá, se ela vai morrer daqui a meia hora?" Os médicos agitavam-se, a mãe balbuciava algo que não entendiam. "O que ela está dizendo?", perguntavam a Judite. "Ela quer leite", disse. Trouxeram-lhe um pouco de chá, no estado dela leite faria mal, explicaram. "Seus irmãos menores vão ter de ficar internados, também estão doentes." Tudo parecia rodar. Judite viu o rosto pálido de Isaac, voltando com a permissão, os desenhos vacilantes que o sol do fim da tarde fazia no chão, a boca consternada do médico dizendo alguma coisa que não ouviu, os longos corredores cheios de rostos espantados, as enfermeiras sussurrando "coitadinhos, tão novos", os olhos perdidos dos irmãos, suas próprias mãos largadas no chão, nas paredes, no teto, o cheiro doce das folhas esmagadas do lado de fora oprimindo seu peito, embaraçando seus olhos, seus cabelos.

Judite no país do futuro

Por que não tinham lhe dado leite? Se tivessem lhe dado leite, teria sobrevivido.

Durante todo esse tempo, Judite acreditara obscuramente que, por mais que sofressem, seriam recompensados no final. Mas Deus a abandonara. Talvez tivesse abandonado todos os judeus, talvez de nada adiantassem as rezas, a obediência às leis, os bons atos. Foi por esse tempo que ela começou a ter às vezes a sensação de que o que ocorria a ela na verdade se passava com uma outra pessoa; então ela se duplicava e observava tudo de cima; e mesmo que lá embaixo ela sentisse dor, ou chorasse, ou mesmo se desesperasse, a outra parecia fitá-la, indiferente, com seu cínico olho de vidro.

Quando foram buscar as crianças no hospital, Moishele chorava sem parar. Batcheva, como costumava fazer, perguntou a seu modo, usando apenas uma palavra: "Mamãe?" "Mamãe foi para outro hospital", Judite respondeu. A menina era muito nova para entender o que ocorrera, mas Moishele, que já tinha oito anos, parou de repente no meio da rua e gritou: "Não acredita nela, mamãe morreu, e eu quero morrer também."

E Moishele morreu três dias mais tarde. Pouco depois, Judite e Batcheva adoeceram.

9

Não podia precisar quanto tempo passou no hospital. Dormia muito, um sono branco, sem sonhos. De vez em quando tinham que descer ao porão do prédio, para se proteger dos bombardeios aéreos; era o fim da guerra. O caminho para a Áustria estava fechado mas diziam que se podia chegar lá pela Rússia. Assim, logo que saiu do hospital, Judite foi tentar conseguir um visto no consulado austríaco. O secretário olhou-a por trás dos óculos e disse, em alemão: "Você não parece ter a idade indicada no passaporte. Não posso lhe dar o visto." "E agora?" Judite suplicou em iídiche que a deixasse prosseguir a viagem, e o secretário negava, até que um homem a seu lado cortou-o, irritado: "Por que você cria dificuldades logo para essa menina? Você sabe muito bem que a maioria dos passaportes é falsificada."

Pouco depois estavam num navio cargueiro que ia para Odessa. A viagem foi horrível. Ficaram amontoados num chão onde se viam enormes ratazanas, e o navio cheirava a carne podre e urina. Judite sentia o estômago embrulhar e vomitava, enquanto o seu outro eu, lá em cima, observava tudo, balançando a cabeça. Era fim de outono e o frio começava a penetrar os ossos quando desembarcaram. Alguns judeus, que haviam formado um comitê de ajuda aos refugiados em Odessa, os levaram para uma casa com muitos cômodos. De manhã, deram-lhes café, e no almoço uma sopa com uma fatia de pão. Começaram a chegar mulheres gordas e barulhentas, trazendo comida e roupas quentes: todos queriam ajudar os emigrantes da Terra Santa.

Formou-se uma longa fila. Os emigrantes mal conseguiam acreditar: havia galinha, carne e até doces! Alguns entravam na fila duas ou três vezes. Para não serem pegos, trocavam antes de roupa discretamente, escolhendo uma muda da pilha encostada num canto do salão. Isaac era um deles. Da mesma forma que muitos, comeu tanto que acabou doente e teve de ser levado ao hospital. Mas Judite não gostava de ficar na fila. Afinal, os alimentos que o comitê distribuía eram suficientes para ela. Tomara uma decisão: se Deus não era justo, ela seria. Pediria roupa ou comida para os irmãos, sim, se fosse necessário, mas não para si mesma.

Um dia, uma das mulheres do comitê, a sra. Hassidov, perguntou-lhe por que não ficava na fila. Judite mostrou-lhe as fatias de pão preto que tinha na mão: "É o bastante para

Judite no país do futuro

nós", respondeu. "Seu lugar não é aqui", disse a mulher. Tomou Judite e Batcheva pela mão e levou-as para sua casa.

Entraram numa sala grande, bem iluminada, cheia de espelhos e tapetes com estampas gigantescas. Tomaram banho em um banheiro amplo que cheirava a limão. Vestiram-nas com roupas bonitas. Um cabeleireiro apareceu do nada e arrumou-lhes os cabelos. Limpa e penteada, Batcheva sussurrou para Judite, "apertado", mas não ousou se queixar em voz alta. Ouviram a sra. Hassidov ligando para uma amiga: "Estou aqui em casa com duas meninas da Palestina!" Depois ligou para outra, e outra, e mais outra. Pouco depois, as amigas foram chegando, trazendo roupas e chocolates. "Que lindas! E tão comportadas! São mesmo da Terra Santa? De Tzfat? E como são as pessoas lá? São mesmo santos?" Perguntavam em russo, e a dona da casa traduzia para o iídiche para Judite, que respondia como podia. Os filhos, um menino e uma menina, espiavam-nas escondidos atrás das pesadas cortinas. A princípio desconfiados, em pouco tempo riam e lhes apalpavam as roupas, os cabelos e as mãos, como se fossem bonecas gigantes que andavam e falavam.

De noite, os pratos e talheres polidos, sobre a mesa posta, refletiam uma iluminação de sonho. Judite lembrou-se da noite de Shabat na sua casa, das luzes e velas acesas, dos irmãos e de si mesma lavados e vestidos com roupas festivas, e sentiu que uma mão apertava seu coração. Sentaram-se todos em volta da mesa resplandecente; nunca vira, nunca sonhara com coisas tão deliciosas. "Vamos para a sala de estar", disse a sra. Hassidov, depois da refeição; e Judite sentiu, pelo seu ar de mistério, que ela preparara alguma surpresa. A filha, cujas longas tranças douradas e perfeitas como *chalás* de Shabat se enrolavam na cabeça bem-feita, sentou-se ao piano, ergueu as mãos e... como era tudo tão diferente da sua casa! Os sons voaram do teclado e flutuaram sobre o salão; envolveram e acariciaram sua cabeça, primeiro lentamente, depois mais rápido, cada vez mais rápido, até que se chocaram contra alguma coisa dura, um muro ou uma pedra, e finalmente silenciaram, deixando-a num doce torpor. Estava exausta. Foram levadas a um quarto com camas cobertas com lençóis e travesseiros muito limpos e brancos, onde Judite mergulhou em sonhos confusos.

De manhã, depois do café, entrou na cozinha e mal pôde acreditar. A carne não fora cozida *kosher*, e ainda por cima tinham usado uma panela de leite. Judite não conseguiu se conter, mas se arrependeu assim que pronunciou estas palavras: "Por que não prepara a carne segundo as regras rituais? E por que numa panela de leite?" Era-lhe inconcebível que as regras de alimentação não fossem rigorosamente seguidas. O que entra em nós torna-se parte de nós. Mais do que nunca, era a neta de judeu piedoso, criada em Tzfat. A mulher a fitou primeiro com espanto e depois com ressentimento: "Compro carne *kosher*, e a panela foi bem lavada." Como aquela menina ousava repreendê-la, depois de ter sido tão bem tratada? Estava com as suas roupas, tinha dormido na sua cama, desfrutado da sua mesa. Mas depois deu de ombros, dizendo a si mesma: "É apenas uma pobre órfã."

Judite no país do futuro

Na hora do almoço, abrira-se uma fenda entre as duas. Judite comia devagar, sem vontade, até com um pouco de nojo. À luz do dia, a mesa era grande demais, enfeitada demais. As crianças eram mimadas, não queriam comer isto ou aquilo; e a menina chegou a cuspir de lado a comida que estivera mastigando. Batcheva continuava comendo tudo maravilhada, mas, percebendo o peso do silêncio da irmã sobre ela, evitava olhá-la. Imponente, a sra. Hassidov servia a todos, sempre de pé, prato por prato. Fez questão de fazer primeiro o prato de Judite, embora não tenha pronunciado o seu nome, conforme costumava fazer nessas ocasiões. O marido, que não havia percebido nada, repetia "almoço dançante, almoço dançante". Queria dar a entender que a mulher era dinâmica e dedicada, e censurava-a carinhosamente por isso. Tinha a cara e o nariz redondos, o corpo coberto de pêlos grisalhos e uma voz bondosa ressoante, como a de um locutor de rádio. Quando a sobremesa foi servida, Judite teve um sobressalto: era claramente feita à base de leite! Isso já era demais... Não comeu o doce e naquela noite não dormiu bem. Revirava-se nos lençóis amassados e suarentos: como era possível que numa casa judia acontecesse uma coisa daquelas? Alguma coisa gelada escorreu dentro dela, uma vergonha de ter gostado da casa, da comida e da própria sra. Hassidov. Não sabia que essa era a última vez que a veria.

Na manhã seguinte, teve febre alta, e foi levada ao Hospital Peretz.

10

— É verdade que em Eretz Israel o *chalá* cresce nas árvores?

Judite ouvia as perguntas e apertava os lábios para conter o riso. "Sim, todo sábado eu saía para o jardim e colhia nosso café-da-manhã. E no Pessach, é *matzá* que pende dos galhos", respondia, muito séria. "*Matzá*?", deslumbrava-se uma das meninas. "Quer dizer que as árvores sabem?" "É claro, Raquel", dizia uma outra, balançando as pernas, impaciente. "Estamos falando da Terra Santa!"

Era fácil entender por que Judite se sentia tão bem no Lar dos Órfãos. As meninas do Lar a mimavam: de noite, colocavam uma bolsa de água quente na sua cama para que não sentisse frio ao deitar, e de manhã corriam a lhe preparar a comida assim que abria os olhos. Com treze anos, Judite era a mais jovem entre as meninas, e o fato de vir de Eretz Israel a revestia de encantos a seus olhos ingênuos. "E os cachorros de lá?", perguntavam. "Como são?" Judite fazia uma pausa para pensar e aproveitava para fazer suspense: "Os cachorros? Ah, esses não latem como os daqui." "Não?", dizia então alguém, abrindo uma boca frouxa. "Não. Eles latem bem baixinho, e outra coisa: o latido deles parece uma reza. Uma vez até vi um cachorro balançando para a frente e para trás enquanto latia, na hora das orações matinais."

Inventava aquilo tudo sem culpa: sabia que assim alegrava as meninas, que a ouviam com olhos arregalados. Passara por dois hospitais e vários abrigos antes de ser levada para lá. Reencontrara os irmãos numa sinagoga, onde foram alojados com várias outras famílias; depois Batcheva fora mandada para um abrigo para crianças mais novas, enquanto Judite e o irmão foram para o Lar dos Órfãos. Mas Isaac fugira; nos últimos tempos, contra todas as previsões da mãe, tinha se tornado um jovem rebelde, amante da liberdade, embora ainda fosse calado e continuasse, sobretudo nos momentos críticos, coçando a perna com o ar ausente que lhe era peculiar.

Quando mais tarde Isaac descobriu que tinham parentes em Odessa, levou Judite consigo para a casa deles. Só Batcheva, que era muito criança, permaneceu no Lar dos Órfãos.

A família era grande: além do pai e da mãe, havia dois meninos e quatro meninas. De vez em quando, personalidades importantes vinham visitá-los. Uma delas era o dr. Klausner, eminente historiador e sionista. À mesa, recor-

Judite no país do futuro

tados contra a luz baça, os adultos conversavam sombriamente sobre o futuro da Rússia e dos judeus. Judite queria escutar as conversas, mas era impossível. "Ela está escutando tudo!", berrava a menina mais nova, que tinha a mesma idade de Judite e a odiara instantaneamente. Se havia uma briga, era Judite que tinha começado tudo. Se alguma louça era quebrada, a culpa era de Judite. "Ela é tonta, mamãe. Disfarça muito bem", soprava a menina nos ouvidos da mãe, que era uma boa mulher, mas fraca e hesitante. Quando sumiu dinheiro e a menina acusou Judite de roubá-lo, a situação ficou insustentável. Felizmente, amigas das irmãs que haviam simpatizado com Judite a levaram para trabalhar e morar na casa delas.

Era uma casa grande e estranhamente vazia. Um cheiro de guardado misturado com fritura pairava constantemente pelos corredores. O papel de parede, descolorido e ressecado nas bordas, era testemunha de uma alegria extinta, e no chão algumas marcas denunciavam que móveis pesados tinham antes ocupado aqueles lugares. A mãe, as três filhas e os dois filhos viviam modestamente; o pai os abandonara. Coberta com um véu, a pobre esposa costumava ir a uma quiromante para saber quando o marido voltaria, e a cada vez voltava eufórica: "Ele vai voltar sim", dizia, cheia de fervor, "e dentro de pouco tempo!" — e ai de quem dissesse o contrário. Mas os dias se passavam e seu rosto e as esperanças iam murchando. Era hora então de consultar a quiromante, que renovava as previsões. "Aconteceu um imprevisto." Ou então: "Um fio do destino se soltou, agora é preciso tecê-lo de novo", repetia as palavras da vidente, entusiasmada. E assim por diante. Judite trabalhava muito, mas nunca se sentira tão feliz quanto ultimamente. As meninas lhe ensinavam piano, e os rapazes, matemática. Entre os números, Judite reencontrava a tranqüilidade de um mundo bem ordenado. Tudo tinha uma resposta; os pensamentos se encadeavam harmoniosamente, um decorrente do outro; as formas eram perfeitas, as contas exatas. Desde que um dos meninos, que tinha o rosto estreito, os cabelos alourados e um queixo que se projetava para a frente como o dela, lhe dissera que o movimento das estrelas se regia por aquelas leis, Judite desejava ardentemente que na terra fosse também assim. Mas não; ali em Odessa, a situação era cada vez mais caótica. As vozes de crianças órfãs de pais mortos nos *pogroms*, que uma vez vira na rua chorando e chamando "mamãe, papai!", a perseguiam. Às vezes, quando tocava uma melodia triste no piano, cada uma daquelas notas lhe soava como uma voz estrangulada. Se havia um plano naquilo tudo, certamente era um plano cruel. A revolução chegara em Odessa e, por causa da constante fuzilaria, não se podia sair às ruas. Vários grupos disputavam o poder, e nunca se sabia qual regime estava vigorando; a única certeza era que, a cada nova reviravolta, as coisas piorariam. As filas para a compra de pão e de outros alimentos eram cada vez mais longas; faltava água em casa, e às vezes era preciso ir buscá-la na rua sob uma chuva de tiros. Era muito arriscado para Judite visitar Batcheva no lar das crianças,

Judite no país do futuro

e por isso fazia tempo não a via; não sabia mesmo se sua irmãzinha estava viva.

Quando os bolcheviques finalmente venceram os russos brancos comandados por Denikin e dominaram a cidade, o horror foi completo. Matavam sem razão alguma, roubavam, destruíam tudo em que punham as mãos. Quando apareciam soldados no mercado, todo mundo fugia, largando legumes e verduras sobre as bancas ou esmagados no chão. Os bolcheviques sentiam um prazer especial em obrigar pessoas de destaque a varrerem as ruas; de propósito, jogavam papéis ou restos de cigarro no chão e depois apontavam a sujeira, resmungando que os "gênios" não prestavam para nada. Seu próximo alvo era o dr. Klausner, que andavam procurando sem sucesso. Por pouco ele e a mulher escaparam de serem pegos no porão da casa dos parentes de Judite, onde se esconderam quando a situação se tornara crítica.

Os soldados entravam em casas ricas e tiravam tudo que achavam dispensável; reservavam um cômodo para os donos da casa e se espalhavam pelos outros. Judite viu como um grupo entrou numa estalagem, jogou a mobília pela janela e espancou os membros da família do dono. Esvaziaram as garrafas e dançaram a noite toda, lançando as pernas para cima e rodopiando até cair.

Pior foi o que aconteceu aos Hassidov. O pai e o filho saíram de casa e, quando voltaram, encontraram gente estranha nos quartos, bebendo vodca, ao lado da mãe e da filha amarradas a duas cadeiras. "Fizeram mal à Kátia", sussurravam todos; e, embora Judite não soubesse ao certo o que isso significava, pressentia que era algo muito vergonhoso, algo definitivo, que tinha a ver obscuramente com o que acontecia entre homens e mulheres dentro de quartos fechados. Em Tzfat, tinham obrigado um rapaz a casar com uma moça pelo mesmo motivo, e Judite pensara que ele tinha descumprido alguma cláusula do contrato de noivado, ou que tinha zombado da noiva. Mas certamente não era o caso dos soldados russos; e Judite se horrorizava ao pensar que haviam machucado aquela menina de tranças douradas que uma vez tocara uma música que a enlevara tanto. Além do mais, estava acostumada a ser bem tratada, bem alimentada. O que seria deles agora?

Mas aquilo não podia durar para sempre, e não durou. No fim do verão de 1919, os russos brancos conquistaram Odessa, expulsando os bolcheviques, os quais impediam que os cidadãos viajassem para fora do país, onde poderiam se dar conta de que o Jardim do Éden soviético estava longe de ser um paraíso e que o inferno burguês não era tão terrível assim. O Comitê de Refugiados já podia mandá-los de volta para a Palestina. Com eles, emigraram também vários judeus russos que tinham a esperança de refazer suas vidas na Terra Prometida.

11

Chegaria o dia em que os judeus teriam de volta o seu próprio país; o dia em que não haveria mais humilhação, e uma nova raça floresceria, reta e forte, nascida da pedra e do deserto. Os longos séculos de exílio estavam chegando ao fim: era a força redentora da vontade e das palavras escrevendo uma nova história. Iriam para a nova terra para a construírem, mas também para serem construídos por ela.

As palavras do dr. Klausner a entonteciam, misturando-se às ondas e às estrelas que furavam o negrume da noite. Nunca o céu parecera tão infinito como naquele momento, em que, de pé na proa do navio de carga *Ruslan*, recordava as palavras dele; nunca o ar fora tão puro.

E como ele falara mesmo das pioneiras? Mulheres dispostas ao labor e ao sacrifício, que limparam campos cobertos de pedras, participaram nas colheitas, construíram estradas e casas, vigiaram vilarejos ao lado dos homens. Mulheres inteligentes e ousadas, que dariam tudo pela sua terra, como mães pelos seus filhos. Assim fora o discurso do dr. Klausner; pelo menos eram essas as palavras que lembrava. Muito ereto, com a barbicha apontando para cima, ele fitara a multidão que o aplaudia. Com lágrimas de inveja, aqueles que tinham vindo se despedir prometiam que também eles iriam em breve para Eretz Israel, enquanto os jovens que embarcavam cantavam e dançavam.

Junto com os sobreviventes de vários *pogroms*, junto com os pioneiros e com "personalidades de destaque", como diria seu pai, lá estavam eles, os refugiados de Eretz Israel, voltando de um longo exílio, mas a verdade é que a terra para a qual voltavam também era antes, a seu modo, uma terra exilada. Enquanto nela viveram, eram como a lua minguante; e agora, que passara a lua nova, estavam destinados a atingir a plenitude, a mesma plenitude da lua cheia suspensa como um brinco no meio do céu.

Não era fácil, naquela época, conseguir uma embarcação disposta a navegar para Israel. Os mares ainda estavam repletos de minas e o perigo era muito grande, especialmente para um navio russo sobre cujo capitão e marinheiros certamente recairia a suspeita de serem inimigos dos aliados e contaminados de bolchevismo. Finalmente, o Comitê dos Refugiados conseguira um navio não muito

Judite no país do futuro

grande, bastante antigo e nada confortável, que mais tarde se tornaria lendário: o Ruslan.

No navio havia 630 pessoas dos mais diversos tipos e classes sociais, desde os judeus de Tzfat até a juventude de Odessa. Criou-se o Comitê de Embarcação, cujo chefe era o dr. Klausner, e uma Comissão de Abastecimento, que cuidaria para que todos, mesmo os mais pobres, dispusessem de alimentos *kosher* e ninguém chegasse à Terra Santa faminto ou doente.

Apenas os intelectuais, como o próprio dr. Klausner, foram acomodados em cabines; os refugiados e os pioneiros ficaram em depósitos de carga. Foi uma longa viagem. O capitão do navio desviou-se da rota prevista para comercializar grãos nos mercados livres da Grécia. Desconfiadas, as autoridades não permitiam que os passageiros descessem a terra e até mesmo se abastecessem com alimentos frescos. Ironia do destino: logo eles, sionistas, que fugiam dos comunistas, eram acusados de bolchevismo!

Em todos os portos onde paravam, tinham de ficar de quarentena; só depois que viessem desinfetar os seus pertences podiam atracar. Em Constantinopla, depois de três dias de quarentena os levaram para a cidade, onde deviam tomar um banho: tiraram-lhes as roupas para desinfetá-las, deixando-os nus, e depois as trouxeram de volta. Embora homens e mulheres estivessem separados, Judite sentiu muita vergonha: nunca tinha ficado nua na frente de outras pessoas.

Mas nada podia diminuir a alegria dos jovens daquele navio. Era comum que um deles despertasse os outros de madrugada, gritando. "Levantem-se! Vamos para Eretz Israel, temos que cantar e dançar!" E a festa começava, como Judite nunca vira. Moças e rapazes se tocavam, e o suor que lhes escorria dos rostos, junto com o aroma que vinha do mar, enchia o ar de um gosto salgado. Risos estouravam na mesma cadência dos pés ritmados, e pouco importava se havia pouca comida, se o chão era desconfortável ou se não tinham conseguido salvar quase nada dos seus pertences. Queriam justamente se livrar do fardo do passado, esse peso esmagador que fazia com que seus ombros se curvassem e suas pernas tremessem — que tudo fosse pelos ares! Lançavam o corpo rijo para a frente, rodopiavam, meio loucos, batiam palmas, arremessavam-se como dardos em direção ao céu.

E o que havia depois daquele céu? O infinito, o *ein-sof*, repetia Judite para si mesma, saboreando em silêncio a palavra misteriosa que uma vez lera no *Zohar*. Aquele mesmo infinito do qual o mundo brotara, e para o qual os mortos voltavam. Devia ser também onde ela estava antes de nascer; e no entanto sua mãe, seu pai, seus avós, as casas de pedra de Tzfat, tudo já existia, mesmo sem ela; tudo estava lá, e de repente ela surgira dentro do tempo, para viver e depois morrer, e depois tudo desapareceria... Mas não, da mesma forma que tudo já existia antes dela, e por isso ela pudera encontrar o mundo, tudo continuaria a existir, enquanto ela... ela voltaria para onde estava antes de nascer...

Judite no país do futuro

Havia no navio uma senhora que perdera toda a família no *pogrom*, inclusive um neto. De vez em quando, a mulher jogava uma peça de roupa no mar, dizendo: "Toma, meu neto, você deve sentir frio, tem que se vestir e calçar sapatos..." A camisa ou a botinha rodopiava no ar por alguns momentos e depois se espatifava na água gelada, levantando minúsculas gotas que se perdiam no azul. Onde estava esse netinho agora? Estaria no mesmo lugar onde estava a sua mãe? Não era suficiente dizer "o infinito"; era preciso imaginá-lo. Era preciso que não fosse um lugar distante e tristonho, mergulhado nas imensidões geladas. E de repente seu estômago se contraiu, e também o céu pareceu encolher, porque de repente via na sua frente o rosto fino e comprido do dr. Klausner, ele mesmo, em carne, osso e sangue. De fato, seu rosto estava afogueado como se tivesse subido vários lances de escada de um fôlego só.

— Permita-me, minha jovem, lhe fazer uma pergunta. Não a vi antes?

— Certamente, dr. Klausner. Em Odessa, na casa dos meus parentes, que o senhor e a sua esposa freqüentavam. Morei lá por um tempo, depois fui trabalhar em outra casa.

— Ah, então também se lembra de mim!

Judite respondeu rápido.

— Não teria como esquecer. O senhor é uma personalidade de destaque, inegavelmente. E como falou bonito antes de partirmos! Sou natural de Eretz Israel, e também quero construir essa nova nação. — Sentiu orgulho ao notar que falava como uma adulta, uma legítima pioneira.

— Obrigado, mas a beleza não veio das minhas palavras, mas da própria verdade. Da nossa esperança.

E ali estava a menina Judite, passageira da terceira classe, conversando com aquele grande homem. Seu pai não acreditaria; ela mesmo não acreditava. O dr. Klausner perguntou de que cidade ela era e se sempre falava em hebraico. Sim, sua língua era o hebraico, embora ela também soubesse iídiche. O iídiche, ele disse, era a língua do exílio, feita dos retalhos dos sofrimentos da diáspora. Precisavam da pureza do hebraico, de edificar o novo povo sobre a língua original dos judeus, fazendo a ponte da época bíblica com o presente. Judite nunca parecera tão bonita. O vento desarrumava seus cabelos, mas ela não se importava; só precisava afastar os fios inoportunos que a impediam de absorver cada pedaço do rosto e das palavras do dr. Klausner. Ele perguntou por que Judite saíra da casa dos parentes, e ela lhe contou como sua prima a perseguia, e que afinal fora muito melhor morar na outra casa, pois pudera aprender piano e matemática. "Ah, a senhorita gosta de matemática?" Judite parecia ter engolido um aparelho de rádio, porque não se cansava de falar, do que aliás se envergonharia bastante depois, pensando naquela conversa antes de dormir. E disse que achava a matemática muito útil, já que com ela se podia descrever o movimento das estrelas, e quem sabe pudesse explicar outras coisas também, e até ajudar a edificar o futuro Estado de Israel... O rosto dela parecia desprender centelhas no escuro, como se fosse um espelho refletindo, e ao mesmo tempo desvian-

Judite no país do futuro

do, o olhar concentrado com que o dr. Klausner a fitava. Ele lhe contou dos dias gloriosos de 1917 que se seguiram à publicação da Declaração Balfour, que reconhecia o direito do povo judeu à Palestina; a onda de excitação que varreu a comunidade sionista da Rússia, que nela viu o toque de *shofar* do Messias. Ele mesmo fora tomado pela esperança de uma pátria judaica, embora achasse que o Estado judeu estava longe de se concretizar: de fato, era impossível, de modo repentino e sem preparo internacional, fazer governar uma pequena minoria sobre uma grande maioria. Mas o pragmático Usishkin, membro do futuro Ministério judaico que então já se formava, não pensava assim: organizou, nos arredores de Odessa, uma gigantesca manifestação da qual participaram centenas de milhares de judeus e também não-judeus, como observadores. Ruas inteiras foram inundadas de milhares de manifestantes. À frente deles, ia um portentoso automóvel no qual vinham sentados quatro homens: Usishkin, Bialik, um representante do Partido Nacional-Democrático e ele próprio (e aqui apontava modestamente para o próprio peito), Klausner. É que, apesar de toda a sua incredulidade (afinal, o mundo quer ser enganado!), passara a considerar a Declaração uma nota promissória pairando sobre um grande Estado. Nunca se esqueceria das grandes bandeiras cobrindo a multidão exultante, da emoção indescritível que sentira ao fazer o discurso no teatro de Odessa...

De repente, ouviram um grito: "Rápido, o capitão!" O dr. Klausner se dirigiu a passos largos para o convés.

Junto com ele acorreram passageiros de várias partes do navio. Sobre o timão, o capitão dormia, de boca aberta, completamente bêbado. Em frente a eles, crescia um enorme rochedo. Um dos jovens deu uns tapinhas no rosto do homem, primeiro devagar e suavemente, depois mais rápido e com força. "Não adianta, vou buscar água para jogar nele", disse um outro. O dr. Klausner havia segurado o timão e estava tentando virá-lo. Podia-se ver sua silhueta magra e rija dobrada para o lado recortando-se contra o rochedo. Judite olhava perplexa: seria possível que se espatifassem naquela pedra, depois de tudo por que tinham passado? Depois de toda a dor, de toda a esperança? E por que o dr. Klausner não era mais forte? Seus braços eram magros, seu corpo parecia desconjuntar-se enquanto tentava dominar o navio. Um gosto amargo invadiu sua boca, vindo do estômago. Virou o rosto, evitando olhar para o dr. Klausner, e encontrou o enorme rochedo à sua frente. Fitou fascinada o enorme bloco duro de pedra, e pôde ver cada reentrância, cada variação de cor, cada tufo de vegetação que se deslocava para o lado à medida que tentavam controlar o navio. E, sem poder ver mais nada, fechou os olhos e aguardou.

Aos poucos, depois de muito esforço, o navio foi dominado e voltou à rota. Depois de levar um banho de água fria na cabeça, o capitão finalmente acordara. Sentado ao lado do capitão, quase desfalecido, o dr. Klausner enxugava a testa com um lenço bordado com suas iniciais. Uma mulher gorducha tinha se postado ao lado dele e guardava-o como um cão fiel. Ela colocou um casaco sobre seus ombros, embora não fizesse frio; tinha nas mãos uns biscoitinhos prontos para serem devorados pelo grande homem assim que se restabelecesse. Lentamente, ele se levantou, batendo as mãos uma contra a outra como se estivessem sujas de terra. Fez na direção de Judite um leve aceno que terminou com uma coçada na cabeça, enquanto a mulher, lançando um olhar para a menina como se ela fosse transparente, pegou no cotovelo do marido e o conduziu à cabine.

Nos dias seguintes, Judite encontrou pouco o dr. Klausner, e, quando o via, mal se falavam. Estava sempre ocupado, angustiado, premido por críticas acerca do abastecimento e do rumo do navio, cercado de membros do Comitê de Embarcação ou resolvendo alguma questão urgente, ou ainda vigiado de perto pela mulher, que, atarefada como uma formiga operária, lhe ajeitava a barbicha sobre o paletó ou lançava de repente um cachecol no seu pescoço. Mas, antes de chegarem em Jaffa, ele e Judite conversariam ainda uma vez.

12

Por que aceitaria a proposta do dr. Klausner? Por que não a aceitaria? Judite já tinha dado a resposta a ele, e no entanto não parava de pensar naquilo. Estava de pé numa encruzilhada diante da qual se abriam dois caminhos; uma decisão mudaria completamente o curso da sua vida. E, no entanto, ela não podia dizer que curso era esse. Era estranho pensar que um acaso, a estada numa casa, um encontro num navio, uma conversa sobre a matemática das estrelas, pudesse mudar o seu futuro e até o seu passado; arrancá-la da sua história ao mesmo tempo que lhe dava uma outra.

Ou talvez não fosse um acaso. Talvez estivesse tudo planejado minuciosamente naquelas mesmas estrelas que haviam contemplado, no convés do navio. Nesse caso, sua decisão era irrelevante; não tinha responsabilidade alguma. Lá de cima, a outra Judite concordou.

Foi uma surpresa quando o dr. Klausner lhe perguntou se queria se tornar sua filha. Ele interpretou o tempo que ela demorou para responder como um sintoma de hesitação, embora fosse antes um sinal de surpresa: por que ela fora distinguida daquela forma? Era um homem generoso, sem dúvida; mas o que diria a esposa? Ela concordaria, evidentemente; sempre se sentira triste e, por que não dizer, culpada de não terem tido filhos; e, na verdade, o filho dela era ele mesmo, o dr. Klausner em pessoa. Não, respondeu Judite, seu pai não concordaria; estava no Brasil, não tinha morrido, Deus me livre, e iria chamá-la e aos irmãos para se juntarem a ele naquele país novo. Além disso, prometera à mãe que cuidaria dos irmãos. Dizia tudo isso e se sentia dividida por dois outros pensamentos: um lhe sussurrava "e se meu pai não vier nos buscar?", enquanto o outro a mostrava na casa dos Klausner, estudando livros encadernados em couro, como um rapaz, e depois saindo debaixo de um sol heróico para carregar pedras e arar o deserto. Sua cabeça balançava tristemente. Fazia o que devia ser feito. E mesmo depois, pensando que ainda poderia voltar atrás, sabia que não podia. Mesmo quando mais tarde, já em Tzfat, recebeu duas cartas do dr. Klausner reiterando a proposta de adoção, teve de dizer não. Pois se podia mudar o futuro, não podia mudar o passado.

Em Jaffa, o mar estava muito agitado e o navio teve de ficar longe da costa. Como não havia porto, foram levados em pequenos barcos árabes para um lugar coberto de montes de areia e raras casas. Assim era Tel Aviv, em 1919. Um comitê de ajuda lhes deu alimentos, roupas e mulas para seguirem viagem até Tzfat, onde iriam morar com uma tia viúva, irmã da mãe, e sua filha única, da idade da pequena Batcheva. Ali puderam retomar o contato com o pai, que passou a mandar, por carta, dinheiro para o sustento da casa, com a condição de que a tia tomasse conta dos seus filhos.

Judite voltou a freqüentar a escola. Graças aos conhecimentos de matemática que adquirira em Odessa, pôde entrar numa turma mais adiantada. Fingia não perceber quando as colegas da turma antiga a olhavam com espanto. Muitas estavam mudadas. A leveza de Luba perdera sua qualidade etérea: seu corpo tornara-se emaciado, ressecado, prematuramente envelhecido. Os seios pesados de Ilana tinham sucumbido à gravidade e ela já se parecia com a própria mãe. Mas não eram apenas elas que haviam mudado; Judite também não era a mesma. Já tinha dezesseis anos. Estava mais alta, e o corpo ligeiramente curvado sobre si mesmo mal conseguia esconder o próprio viço. Podia respirar; enfim, parecia que finalmente levaria uma vida normal.

Mas não haveria vida normal tão cedo para ela. Como se fosse um Jó de saias, os dissabores recomeçavam. Um dia Batcheva brigou com a prima: cada uma queria ficar com uma colherinha. É verdade que era uma colherinha delicada, quase cor de leite, mas o que impressionava mesmo era uma pequena pedra verde que se aninhava numa espécie de concha que arrematava o cabo da colher. "A colherinha é minha!", berrava a prima, enquanto Batcheva, apertando os dentes, segurava a colher com determinação muda. Pegara-a primeiro, e não a largaria por nada desse mundo, mas a outra era mais forte, e o cabo foi escorregando, escorregando... até que a prima a ergueu como um troféu, arrancando um soluço da garganta de Batcheva. Num repelão, a tia perdeu a paciência, arrastou a filha para o quarto e praticamente a espancou. Pouco depois, a menina voltava para a sala e devolvia a colherinha para Batcheva. No dia seguinte, porém, a tia declarou que não tomaria mais conta deles e que a partir daquele momento era Judite quem deveria cuidar dos irmãos, cozinhar e fazer todo o serviço da casa.

De repente, não tinha mais certeza de que devia ter recusado a proposta do dr. Klausner. Em vez de participar da construção de uma nova terra, lutava para se manter à tona, correndo de um lado para o outro como um autômato. Levantava de madrugada para preparar o café e fazer as compras, ia para a escola e na hora do recreio corria para casa para preparar o almoço. Ouvia recriminações infindáveis de uma tia, irmã do seu pai, que costumava visitá-la para verificar se estava cumprindo seus deveres de dona de casa: "Você não pode deixar de lado suas obrigações, minha filha. Estudo não serve de nada para uma moça. Você tem irmãos, e se Deus quiser logo casará e terá filhos." Era baixa e seu hálito cheirava a arenque. Às vezes sua avó aparecia e, desgostosa, recriminava Judite por não haver pregado um botão ou tecido as meias como deveria: "Minha outra neta é muito mais rápida e jeitosa. Você parece estar sempre no mundo da lua!"

Judite no país do futuro

Quem dera se estivesse. Só tinha tempo para pensar que tinha de estudar, caso contrário a colocariam de novo na turma mais atrasada. Ou de lembrar os momentos em que os meninos de Odessa lhe ensinavam matemática e as meninas, piano. Tinha de trabalhar muito lá, mas pelo menos não ouvia todas aquelas censuras. O que a tia estava dizendo mesmo? Que ela era uma péssima dona-de-casa, que agora ela devia ser não só a irmã, mas a mãe daquelas crianças... Não podia agüentar mais aquilo! Correu até a casa de uma parenta cuja filha era sua colega na escola e pediu para passar a noite lá. Na manhã seguinte, lá estava a tia sacudindo na sua cara uma camisa rasgada de Isaac: "Você não cerziu a camisa do seu irmão? Foi para isso que você foi dormir fora de casa?" "Nem eu consertaria uma camisa tão rasgada", disse a dona da casa. "Você pensa que está fazendo um favor a uma pobre órfã? É preciso ensiná-la a não dormir fora de casa!"

Era impossível voltar a ficar com a tia. Judite ficou aquele dia inteiro sem comer nada, sentada na soleira da porta do seu tio-avô, um homem viúvo e paupérrimo, esperando-o voltar de Miron. Quando chegou, à noite, disse-lhe que as tias já haviam lhe contado tudo e a repreendeu: não podia agir daquela forma, devia respeito aos mais velhos... e enquanto isso Judite não conseguia parar de chorar. Ergueu a cabeça e disse, com uma decisão que surpreendeu a ela mesma: "Quero estudar e não me deixam. Se o senhor não me ajudar, vou acabar me suicidando." Teria mesmo coragem? Talvez. Nunca estivera tão desesperada. Passara por uma guerra, por mortes, passara fome. Vira cenas horríveis. Agora que podia finalmente viver, tudo lhe escorria das mãos, por pura mesquinharia. "Está certo, pode ficar na minha casa. Se seu pai não puder ajudar no seu sustento, não importa, sempre pode comer mais um", respondeu o tio, sacudindo os ombros e recebendo em troca um abraço trêmulo.

O pai concordou em mandar dinheiro para ele. Pouco depois, a filha mais velha do tio se casou e Judite de novo assumia a responsabilidade de uma casa. Estava sobrecarregada, mas feliz porque podia estudar e não mais lhe pregavam sermões. Seus irmãos foram morar com ela, e agora eram todos uma grande família: Judite, Isaac e Batcheva, o tio, três filhos e uma filha pequena. E havia mais alguém, de quem mal falavam: um homem que vivia isolado no sótão da casa. Esse homem, quando casou a filha, prometeu-lhe um dote e uma festa, mas para cumprir a promessa teve de se endividar. No meio da festa, começou a gritar: "O que vocês querem de mim, bandidos? Onde vou arranjar dinheiro para pagar as dívidas? Por que me obrigaram a fazer isso?" Deram-lhe calmantes e ele adormeceu. Quando acordou, não era mais normal. Alimentavam-no por meio de uma cesta que ele puxava para o sótão. De vez em quando, ouviam-se gritos terríveis vindos de cima. Judite tinha a curiosidade de conhecê-lo, mas não a coragem de subir até o sótão.

Um dia, porém, quando estava em casa sozinha esfregando a escada que levava até lá, ouviu o homem gemendo "filhinha, filhinha...". Devagar, subiu as escadas e espiou pela fechadura; magro e seminu, ele escondia a grande cabeça branca nas mãos ossudas, e ergueu o rosto subitamente quando percebeu que havia alguém atrás da porta.

Judite no país do futuro

"Filhinha?", disse com voz hesitante. Tinham contado a Judite que ele nunca mais vira a filha, que a odiava desde que perdera tudo por causa do casamento. Estaria agora sentindo saudades dela? Será que algum dia ele ficaria curado? "Quem está aí? É ela?" De quem ele estava falando? Da filha? Sua voz era macia e suplicante, como se procurasse atrair um filhote de gato com um pires de leite. "Por favor, preciso de um relógio. E do meu cachimbo. Que tipo de homem eu sou sem meu relógio e meu cachimbo?" Judite continuava em silêncio, paralisada. O homem perdeu a paciência: "Abra, imediatamente", urrou. Judite recuou um passo. O homem correra para a porta e a sacudia, fazendo saltar o cadeado que o prendia por fora. Judite desceu pelas escadas e ainda pôde ouvir o louco vociferando: "Ah, desgraçada, demônio, Lilith, você tirou tudo o que eu tinha!"

Como alguém, um pai, podia de uma hora para outra enlouquecer, por causa de algumas dívidas? Será que ele já era louco? Que o ódio dele era antigo, muito antigo, e só apareceu naquele momento, quando a filha se casou, deixando-o praticamente sem nada? Ela podia jurar que o homem amava a filha, pelo tom cheio de ternura que ele empregara ao gemer "filhinha...". Sentira até saudade do seu próprio pai. Como alguém podia enlouquecer assim e odiar aqueles que antes amava? E sobretudo: será que isso poderia um dia acontecer com ela?

Tzfat estava mudada depois da guerra. Era a época do mandato britânico. Com o fim da Primeira Guerra, o Império Britânico vitorioso impusera seu poder na Palestina, e o desenvolvimento da economia e da infra-estrutura da região atraíra novas levas de imigrantes judeus, os *halutzim*, que faziam progredir as colônias agrícolas e as cidades, onde se construíam fábricas, escolas e hospitais. Os pioneiros pegavam trabalhos de que não entendiam, fazendo serviços de pedreiro que aprendiam ali mesmo, com os empreiteiros que os contratavam. Só os ortodoxos não gostavam deles, porque passeavam com as moças. Quando queriam ralhar com uma filha, diziam: "Nem um *halutz* vai querer casar contigo!"

Havia uma tensão crescente nas ruas. As pedradas que antes os judeus levavam na saída do mercado árabe tinham se transformado na mesma proporção que os corpos dos meninos franzinos que as atiravam. Agora eles roubavam e matavam os viajantes que iam de Tzfat a Tveria. As mulheres árabes continuavam trabalhando nas casas judias, mas agora não mais cantavam baixinho, com os lábios colados num hummm hipnótico, enquanto lavavam roupa ou faziam outros trabalhos pesados. Olhavam de lado, e pressentia-se uma contração estranha nas bocas emudecidas pelos véus. Surgira na cidade uma organização sionista juvenil, a Hador Hatzair, cujos membros promoviam espetáculos amadores e, com o dinheiro obtido, adquiriam armas. Entre eles, havia os pioneiros que os árabes chamavam moscovitas e de quem tinham muito medo. Uma biblioteca fora fundada, cheia de livros parecidos com os que Judite lera na casa de Israel. Uma efervescência diferente impregnava o

Judite no país do futuro

ar: as ruas estavam cheias de jovens bronzeados e flexíveis, como se tivessem ficado espreitando por um longo tempo até que decidiram tomar a cidade; e agora rapazes andavam com moças de lá para cá, arrastando os pés pelas pedras da rua, fazendo-as apenas de cenário para a sua energia incansável. Os religiosos ficaram indignados e se queixaram amargamente: como podiam manchar assim a cidade? Por que se exibiam? Homens e mulheres tinham a missão sagrada de se unirem pelo matrimônio e não de passearem juntos levianamente por aí. Assim diziam os venerandos senhores de Tzfat. Do outro lado, árabes protegidos pela escuridão da noite, com olhos e mãos crescidos pela inveja, começaram a agarrar garotas judias, beijando-as à força no meio das ruas. Em resposta, rapazes judeus passaram a sair vestidos com roupas femininas e a espancar aqueles que vinham agarrá-los; e só quando isso ocorreu com o filho de um xeque local os ataques se encerraram definitivamente.

Na escola, as coisas também estavam diferentes. Os alunos, muito compenetrados, agora distribuíam folhetos com o *slogan* "hebreu, fale hebraico", exatamente como o dr. Klausner imaginara. Judite fazia parte de um grupo de rapazes e moças entre 14 e 16 anos que não tinham coragem de sair juntos, mas se encontravam fora da cidade, quando chegava o Shabat. Os rapazes saíam primeiro e depois saíam as moças; passeavam, sob as oliveiras, conversando e pisando a renda dourada projetada pelo sol no chão coberto de folhas. Depois voltavam da mesma forma como haviam chegado, separados, mas com as faces afogueadas e o corpo alado. Judite se sentia bem nesses passeios e apreciava as conversas, embora elas parecessem um pouco pálidas em comparação com as que tivera com o dr. Klausner ou com o rapaz de Odessa; afinal, eram meninos novos e espantados como ela; não se pressentia neles aquela massa indefinível que parecia fermentar por trás do que a tia chamara de "casca". Judite gostava da rotina de se encontrarem na casa do tio: as colegas dela se juntavam aos amigos do irmão e contavam como havia sido a distribuição dos folhetos, trocavam histórias dos pioneiros, fingiam saber mais do que sabiam: havia armas em lugares secretos, códigos misteriosos, palavras que não podiam ser ditas, histórias dos árabes que não podiam ser reveladas e tinham obscuramente a ver com túneis, mapas e ingleses de rosto impassível. Mesmo sendo um homem religioso, que freqüentava diariamente a sinagoga do pátio em frente, o tio não os incomodava. Que mal podia haver em jovens que conversavam, felizes por terem sobrevivido à guerra? Quando a tia os xingava, com o seu cômico tremor nas bochechas, acusando-os de "profanação da casa do rabino" que morara antes ali, entreolhavam-se rindo baixinho, cúmplices na tímida euforia.

E, no entanto, tudo aquilo estava apenas fora dela. A outra Judite, a de cima, desaparecera, enquanto dentro da sua barriga um vazio se abria, enorme, afastando e espremendo tudo o que havia em volta. Tinha um sonho recorrente, que se repetia com pequenas variações: sua mãe ainda estava viva dentro de casa e implorava por um copo de

Judite no país do futuro

leite; Judite saía com uma vasilha na mão, mas não entendia o que aqueles jovens enérgicos que invadiam a cidade diziam, nem eles conseguiam escutá-la, em meio às vozes e cantigas que ecoavam nas ruas. Havia alguma comemoração relacionada à lua. Alguns rapazes, daqueles que chamavam moscovitas, estavam debruçados num muro bebendo alguma coisa, provavelmente vodca. Estendiam a garrafa e diziam, desdenhosamente: "É leite que você quer? Tome um pouco de leite." Ela começava a correr, entrava na casa do tio, subia ao sótão e sacudia Isaac pelos ombros, mas ele tinha o rosto de Israel, que a fitava com um sorriso triste de desculpas no rosto ensangüentado. Meu Deus, tenho de juntar as coisas e fugir daqui, pensava; ela corre, corre, desce a escada na direção da sala, mas de repente a casa fica enorme, os móveis se evaporam, os corredores se desdobram intermináveis e vazios, e ela mergulha na sua escuridão fria, até que uma mão a arranca do sonho, deixando-a estendida na cama, coberta de suor.

"É comum ter essa sensação de queda em sonhos, na sua idade", o médico disse, quando ela contou seu pesadelo recorrente. "Mas o caso é que a senhorita tem uma úlcera, fruto de dias de fome e nervosismo." Agora que Judite sabia o que tinha, carregava a sua doença como um novo membro da família, que só se acalmava com um pouco de leite.

Quando parecia que as coisas continuariam indefinidamente como estavam, o tio se casou de novo e a família dele emigrou para a Austrália. Como Judite já havia terminado o curso de oito anos na escola, o pai mandou buscá-la, enviando passagens para ela e Batcheva embarcarem num navio grego em Haifa, rumo ao misterioso Brasil.

O que dizer sobre a viagem? Contar que o navio era pequeno, que havia três classes e que foram na terceira? Que ficaram numa grande sala, com camas-beliche de três leitos? Que a comida era intragável e Judite não conseguia engolir nada, até que alguém da tripulação teve pena e lhe trouxe comida da primeira classe? Que isso despertou protestos de um grupo de caftens que viajavam com suas escravas brancas para Buenos Aires? Que o navio balançava muito e quando se aproximou da Grécia a água começou a penetrar no casco? Que se abraçaram chorando, acreditando que o navio acabaria por afundar? E que, em Marselha, parecia que a terra fugia debaixo dos pés de Judite, e sua cabeça rodava, e depois ficaram uma semana em Cherburgo esperando o navio inglês? E que, quando o barco os levou até ele, o frio era tão terrível que Batcheva chorava, e Judite teve de cobri-la com tudo que tinha, inclusive o seu próprio corpo? Ou que, nesse tempo todo, Judite só pensava numa coisa: que tinham que escapar com vida, que no último momento Deus os protegeria, que não era possível que fossem morrer naquele momento e não vissem o pai novamente? Aquele pai grande, decidido, acompanhado de um manso selvagem que carregaria a eles e a seu passado nos ombros, rumo a uma cabana de contornos imprecisos, onde os aguardava, pacientemente, o imenso futuro.

EXÍLIO

Além Paraíba, 1942

1

As horas passam, parecem todas iguais. E, no entanto, devagar, como o musgo que cresce nas frestas de uma pedra, alguma coisa se prepara. As crianças correm pela casa. O relógio soa a cada hora, inevitável e musical. Sentada na poltrona, Judite olha através da janela. Logo o marido chegará para o almoço, trazendo uma goiabada comprada no caminho ou uma nova amostra de tecido. Ele não está atrasado, não ainda, e Judite não precisa se preocupar. Lá fora, sopra uma brisa suave. A cozinha está em ordem, a roupa está em ordem. Ela espera.

Sob o olho amarelo do sol, ele atravessa o portão do quintal, parando um instante para tomar fôlego e preparar um sorriso, apenas o tempo necessário para as crianças o descobrirem, um corpo desajeitado no meio do capim, e se atirarem sobre ele, Uri e Débora primeiro e José um pouco depois, armando um biquinho por suas pernas serem menores e ele mesmo, mais lento.

    Nessa semana Judite não foi ajudá-lo na loja. Ficou em casa cuidando de José, que está se recuperando de uma infecção na garganta. A empregada, uma negrinha miúda de dezessete anos, sempre ficava desesperada com o choro do menino, sem saber o que fazer para consolá-lo; e, depois de andar de lá para cá inúmeras vezes cantando uma melodia doce e melancólica, fazia o sinal-da-cruz, invocava Nossa Senhora, batia na madeira, tudo ao mesmo tempo, com uma expressão de pavor estampada no rosto. Só com Judite José se acalmava. Ela segurava o filho e o apertava muito contra o corpo, sussurrando-lhe algumas palavras em hebraico na concha mole e delicada da orelha. Que estranho era ser mãe! Ela mesma estava tão apavorada quanto o filho, e até lhe voltava a antiga pontada na barriga, que sobrevivia como um membro amputado que continua a doer. Mas, no momento em que José se aconchegava no seu corpo, tudo que estava fora deles sumia, a sala, o sofá, o próprio medo, e só restava a concentração da dor lentamente absorvida no abraço indestrutível.

    Agora José está praticamente curado, e, quando o pai o beija na testa, todos os vestígios de sofrimento se apagam como pegadas no deserto. Arrastando a cauda dos três filhos atrás de si, Salomão se dirige à poltrona com o cachimbo na mão. Uri olha fascinado enquanto o pai prepa-

Judite no país do futuro

ra o fumo, arruma-o meticulosamente no buraco enegrecido e solta a primeira baforada. Atrás dele, José e Débora acharam uma formiga andando no chão e, muito sérios, discutem o que devem fazer: pegar uma folhinha para ela carregar? Levá-la para o quintal, para junto das outras? Promover uma corrida de formigas, com apostas "rigorosamente controladas"? Ou matá-la, sugere Uri, lançando um olhar cruel para Débora, que responde, quase gritando: "Você gostaria, gostaria, se por acaso alguém, uma mão enorme te esmagasse, sem motivo nenhum?"

A *schwartze* está encostada no batente da porta da cozinha, coçando o pé esquerdo com o direito, o ar sonhador. Espera a ordem de colocar a mesa. Quando Judite, há vinte anos, chegara na casa do pai, em Bonfim, na Bahia, ficara surpresa com a negra gorda, de seios enormes, que arrastava os pés sob a saia inflada, cantarolando enquanto arrumava a casa, fazia a comida e cuidava da roupa. Parecia estranhamente leve e inconsciente, assim como os moleques que andavam descalços nas ruas, meio nus, agitando as pernas e os braços cor de terra como se fossem voar; mas não, só corriam, caíam, se embolavam no chão e logo se levantavam num pulo, rindo e gritando. Judite não cessava de se espantar com os costumes daquela gente. A língua brasileira lhe parecia docemente arrastada, amolecida pelo calor: as frases andavam um pouco e descansavam, corriam outro tanto e paravam mais um pouco, lânguidas, desmanchando-se. Saboreava as novas palavras enquanto se balançava na rede: feijão, beijo, janela, caramelo, lua, lobisomem, bananada... Os sons de algumas delas se misturavam deliciosamente com o seu significado: cafuné, dengo, papá. E, mesmo já sendo ela uma moça, a dor no estômago doía menos quando a negra lhe dizia: "O dodói já vai passar..." Ao fundo, a saia longa e inflada da empregada acariciava o chão, acompanhada do tilintar das pulseiras de metal barato, e era como uma rainha negra, vestida com uma crinolina de chita, um pano multicolorido enroscado na cabeça, um turbante que não era oriental nem português nem africano, que ela sentava na soleira da porta para descansar um minuto, dispondo a saia florida em torno de si como se fosse um manto real, de modo que parecia estar sentada dentro de uma enorme flor.

A negrinha que a serve é diferente. Maria das Dores, ou Dorinha — como, depois de quase um mês, declarou, numa voz sumida, que costumavam chamá-la —, tem uma timidez que chega a irritar, e que no início Judite confundira com desconfiança. Com os olhos arregalados, ela ri com sua dentadura reluzente sempre na hora errada, e logo abaixa o rosto, envergonhada, oferecendo aos olhares a carapinha meio empoeirada. Quando a patroa lhe chama a atenção — sobre alguma comida muito salgada, ou uma roupa que manchou —, logo fica com os olhos rasos de água e escapa para a cozinha. Judite diz a si mesma que não fez nada demais, que apenas fez uma observação, e que todos têm de aceitar críticas: quem dera que a sua tia de Tzfat lhe falasse assim! Depois, vai até a cozinha, pega um copo d'água e, de passagem, elogia o feijão que Dorinha fez, observando a onda de gratidão que invade o rosto da negrinha.

José e Débora levaram a formiga para o quintal e Uri os acompanhou, contrariado, obedecendo a um gesto do pai, que tirou os sapatos e agora contempla, estirado na poltrona de braços abertos e fartos, os anéis de fumaça saírem do cachimbo. Só depois de terem se desvanecido três ou quatro desses anéis pergunta a Judite:

— Tudo em ordem?
— Tudo bem. José só está com um pouco de coriza. E na loja?
— E você? Sentiu mais alguma coisa?
— Não, não, nada. — Abanou as mãos para espantar as palavras dele. Incomodava-a a forma como ele se preocupava com ela: não era ela que estava em questão agora, mas o filho.

— O seu Joaquim comprou fiado de novo. Disse que da próxima vez paga. Mas essa vai ser a última vez: ele já me deve há mais de um mês.

— Você sempre diz isso, mas não tem coragem de negar quando pedem pra comprar fiado.

— Bom, o que posso fazer? O pessoal daqui gosta de mim. A dona Jacira mandou melhoras para o José. Disse para eu te passar a receita de uma simpatia. — Apalpou as calças. — Está aqui.

Tirou do bolso um papelzinho amassado, onde Judite leu, escrito numa caligrafia grande e floreada: "Simpatia para acabar com dores de garganta: pegar uma calcinha ou cuequinha suja da criança e lavar, esfregando bem com um pedaço de mandioca. Secar ao sol, enterrar num buraco raso e cobrir com folhas. Depois de três dias, preparar um chá de camomila com canela e dar à criança antes de dormir." No final vinha um PS: "Foi assim que a dindinha curou o filho dela."

Dobrou o papel e foi até a cozinha para guardá-lo dentro do livro de receitas. Apesar de ir todos os domingos à igreja, dona Jacira era muito supersticiosa e acreditava em feitiços e simpatias, como a maioria dos brasileiros.

A própria Judite fora uma vez procurar um milagreiro. Foi quando, pouco depois de chegar no Brasil, sua úlcera piorou, e o pai resolveu levá-la para o Rio de Janeiro para consultar médicos mais preparados do que os de Bonfim, que haviam diagnosticado corretamente a doença, mas, meio tontos, meio compenetrados, não faziam mais que folhear vetustos livros de Medicina para descobrir o tratamento correto. Viajaram pelo rio São Francisco, de Juazeiro até Pirapora, de navio. Por causa da maré baixa, tiveram de parar em várias localidades pequenas no meio do caminho, e a viagem, que devia durar menos de uma semana, acabara levando três meses. Uma vez, o navio chegou a encalhar em um monte de areia, e todos os passageiros tiveram de sair e puxá-lo de volta para a água, sob uma chuva de gritos e aplausos. Em muitos lugares encontravam um judeu solitário, sem família, distante da civilização e do judaísmo, que os reconhecia e vinha falar com eles. Como estavam os negócios lá em Bonfim? Não era mesmo uma

Judite no país do futuro

terra de oportunidades? Conheciam outros judeus? Não era mesmo impossível seguir as regras de alimentação e honrar o Shabat naquelas terras? E assim por diante. Um deles tinha raspado a barba, e justificou-se: "Melhor um judeu sem barba do que uma barba sem judeu." Em Bom Jesus da Lapa, viram massas de peregrinos, doentes desenganados que se dirigiam a uma caverna na qual tinham aparecido imagens de santos. Das bocas murchas dos homens e das mulheres desprendia-se o som melancólico de rezas apenas esboçadas misturado ao do arrastar dos pés e das barras das saias; mas o que mais impressionava naquela massa de gente era a face daqueles que por um momento levantavam a cabeça, mostrando olhos que lançavam chispas de luz, inundando-lhes o rosto de uma alegria dolorida.

No Rio de Janeiro, Judite encontrara uma vida muito mais moderna, uma ativa comunidade judaica com um Comitê de Ajuda aos Imigrantes e assistência médica, além da Hathia, um grupo de jovens que tinha uma bela biblioteca e organizava eventos culturais como espetáculos de teatro e de dança. Por causa do seu péssimo estado de saúde, ela não pudera participar dessas atividades. Fechada no seu quarto, encolhida sobre a barriga como se assim a pudesse calar, Judite sofria imaginando tudo o que estava perdendo: moças com as faces brilhantes de suor pulando vigorosamente com suas saias coloridas; rapazes atravessando o palco com largas passadas viris; conversas sobre as terras de origem de cada um, interrompidas de vez em quando por discussões apaixonadas sobre alguma idéia polêmica ou palavra ambígua, talvez mencionada de passagem: por que tinham sempre de estar no exílio? O sionismo triunfaria? Ou poderiam ser felizes em outras terras, desde que houvesse igualdade? E um outro: "Você fala em igualdade ou tolerância mútua? Então não seremos mais judeus?" O primeiro desafiaria: "Vamos lá, o que é ser judeu?", e seria rebatido: "E o que é ser brasileiro?" "Bom, essa é fácil. Mas essa é mesmo uma terra boa para os judeus — não a Terra Prometida, é claro, mas uma terra para fincar raízes?" Assim prosseguia Judite em pensamento, e nunca saberia se era isso mesmo o que discutiam ou se preferiam falar da posição dos atores no palco, ou ainda sobre a riqueza recentemente adquirida pela família Milman, que aliás tinha filhos em idade de casar.

Como nenhum médico que consultou no Rio de Janeiro conseguira aliviar as dores de Judite, levaram-na ao tal milagreiro, que também era judeu. Na sala de espera escura e abafada, sentados sobre bancos compridos de madeira, alguns aleijados conversavam animadamente: um dizia que o milagreiro tinha curado a jovem sobrinha da sua vizinha, que não andava desde que fora abandonada pelo noivo, há mais de ano; ele mesmo vira a moça dando uns passinhos de ganso, enquanto chorava de felicidade e gratidão. Outro falava mal da sogra, uma víbora que o odiava não porque era aleijado, mas porque era mais esperto do que ela e a filha juntas. Finalmente, o milagreiro chamou Judite. Afastando com uma mão ossuda e manchada a pesada cortina cor de vinho que separava o seu gabinete da

Judite no país do futuro

sala de espera e metendo o rosto enrugado na fenda que se abrira, gritou para a parede: "A menina com as dores na barriga pode entrar."

No meio do aposento, uma mesinha solitária sustentava uma vasilha antiga, que, segundo o milagreiro, tinha sido do Templo de Jerusalém. O homem lhe fez algumas perguntas (onde dói, há quanto tempo) e depois soprou sobre o seu ventre, dizendo: "Você precisa ficar bem de saúde." Ela respondeu que era isso que queria. "Então encha uma garrafa verde com água, coloque-a no sol e depois beba dela. E venha duas vezes por semana para eu soprar o seu estômago." O pai perguntou, incrédulo: "Só isso?" Com ar ofendido, o homem respondeu que tinha mãos tão poderosas que não precisava lavar as frutas antes de comê-las, bastava acariciá-las para matar todos os micróbios... Judite achara tudo muito estranho e não se sentia nem um pingo melhor do que antes. E se perguntava, atônita: como um judeu se prestava àquele papel? Certamente em nenhum lugar estava escrito nada daquilo que ele fazia. E, sobretudo, como conseguira virar milagreiro ali e enganar tão bem aqueles brasileiros? O pai parecia pensar o mesmo, mas evitava expressar suas desconfianças, e dizia, balançando sua grande cabeça: "Bom, não custa tentar..."

E, embora não funcionasse, não custava mesmo nada tentar, assim como não custava a Judite fazer a simpatia da dona Jacira. "Veremos", pensa, enquanto enfia o papel na página do feijão-tropeiro. Quando volta da cozinha, ouve o marido dizer:

— Ah, apareceu também aquele sobrinho da dona Jacira, o João Ramalho.

Judite sentiu um susto lhe perfurando o peito. Algumas vezes vira o rapaz na loja, alto e magro, com cabelos muito negros e olhos melancólicos, alisando uns tecidos num carinho distraído ou esperando o troco enquanto lia um jornal. Vira uma vez como ele discutira apaixonadamente com um amigo sobre socialismo. Repreendeu-se a si mesma: afinal, não havia motivo para ficar tão perturbada quando ouvia o nome daquele rapaz.

— Você sabe, ele tem cultura, e, quando lhe contei que você não podia ir lá no armazém porque tinha que ficar aqui cuidando do José, se ofereceu para nos emprestar alguns livros. É bom também para melhorar o nosso português.

Judite resolve subitamente ir até o quintal buscar as crianças. Está na hora da janta. Dorinha já estava terminando de preparar a comida e logo botará a mesa.

Lá fora, José, imundo de terra, remexia desajeitadamente numas folhas, enquanto Débora dizia, num tom vagamente acusatório: "Já vai, filhinha, seu pai está arrumando a sua cama." Ao lado deles, uma enorme aranha-caranguejeira, que parece ser a filha, dança com suas patas peludas. Judite, paralisada, sente o chão se desmanchar debaixo dela. Sabe que é uma aranha venenosa, e num segundo seus filhos podem estar mortos. Não devia ter deixado eles irem brincar sozinhos no quintal, mas como poderia saber? Tomava tanto cuidado, não os deixava se pendurar

Judite no país do futuro

nas árvores, nem gostava que nadassem no rio — mas nem o quintal era seguro, afinal. E agora que estava tudo bem, mais mortes viriam amargar a sua vida. É preciso agir rápido, e ao mesmo tempo cuidadosamente. Sobretudo, é preciso não gritar. Mas ela treme toda, e mal consegue dar os passos necessários para chegar à poltrona de Salomão. Que levanta sem uma palavra. Que se dirige a passos largos e poderosos até o quintal. Que conversa baixinho com José e Débora, ao mesmo tempo que os afasta delicada e firmemente da aranha venenosa, explicando como ela é perigosa. Que, mantendo distância, bane-a com um galho grosso e nodoso, acabando por esmagá-la. E que à noite aperta em seus braços brancos e musculosos o corpo trêmulo de Judite, que chora como uma garotinha até afundar no sono.

2

Conhecera Salomão em Israel. Depois de nove meses de muitos sofrimentos e nenhum milagre, Judite fora levada a Paris para ser operada por um médico judeu alemão. Era uma cirurgia arriscada e o pai teve de assinar um documento garantindo que, em caso de insucesso, não responsabilizaria o médico. Naquela altura, a vida de Judite se concentrava toda no ponto dolorido do seu estômago; como um ralo, ele absorvia seu corpo, suas emoções, seus pensamentos. Cansada, ela pensara: "Se eu ficar boa, então ótimo; se não, é melhor morrer do que sofrer tanto." A operação foi bem-sucedida, mas Judite perdeu tanto sangue que o médico não garantiu que ela sobreviveria. Em Jerusalém, sob cuidados médicos e uma dieta severa, sua saúde foi voltando aos poucos. Dois anos depois ainda sentia dores.

Batcheva fora com eles, e quando o pai, depois de algum tempo, casou-se com uma perfumada senhora russa e voltou ao Brasil, ficou com a irmã em Israel. Agora que Judite estava melhor, esmerava-se em cuidar da menina, que vivia grudada nela. Durante o dia, ficavam na casa da tia da mãe, a qual recebia do pai das meninas uma ajuda financeira que vinha bem a calhar naquela época de crise e desemprego. À noite dormiam num quarto alugado, pequeno mas limpo. Judite voltara a estudar: cursava contabilidade e, à noite, inglês.

Nas conferências que Judite freqüentava, conheceu melhor os pioneiros que tanto admirava, desde que o dr. Klausner os mencionara em seu longínquo discurso no Ruslan. Eles lhe pareciam fortes, bronzeados, cheios de energia; e, mesmo quando eram magros ou baixos, traziam no olhar o brilho dos conquistadores. Discutiam o dia inteiro e com as mãos enormes erguiam brindes intermináveis: a Israel, ao sionismo, a um que conseguira um emprego, a outro que conseguira se livrar de uma dívida. Uma nova sociedade emergiria, jovem e justa, e desta vez o seu criador não seria Deus, mas os homens. *Eles* eram os messias.

A maioria não tinha um tostão. Os recém-chegados da Polônia, que vinham fugindo de *pogroms*, eram os que mais sofriam. Empregavam-se como pedreiros ou marceneiros, sem nunca terem remotamente trabalhado com cimento ou madeira: aprendiam o ofício ali mesmo. Muitos dormiam até tarde para economizar uma refeição: "Dormindo sente-se menos fome", diziam. A fim de evitar um res-

Judite no país do futuro

taurante onde deviam dinheiro, davam voltas fantásticas para chegar a algum lugar. Dormiam em porões baratos, mas não conseguiam pagar mesmo uma baixa quantia, e tinham de perambular durante o dia para que o senhorio não os pegasse e enfiasse uma pequena soma nas suas mãos dizendo: "Por favor, tome isso e procure outro lugar", ou simplesmente os expulsasse sem uma palavra. Então saíam à noite com uma cama e algumas malas nas costas, vagando sem rumo pelas ruas ou indo procurar abrigo na casa de um amigo.

Nas conferências, destacava-se um dos pioneiros, Benjamin, um rapaz bonito, culto, de sobrancelhas grossas despenteadas. Ele pulava em cima do estrado como quem monta um cavalo e incendiava a platéia falando de "luta sem tréguas", "coragem", "missão". Depois atravessava o corredor com ar modesto, como se afirmasse que era apenas mais um entre eles, um operário construindo uma nova era. Mas as moças não pensavam assim, e ele sabia disso. Elas o cercavam de perguntas e atenções; expressavam idéias que sabiam que ele defendia, competiam para serem ouvidas, e, embora muitas se dissessem tão dispostas ao trabalho braçal quanto os rapazes, estavam sempre se oferecendo para pregar um botão — Benjamin sempre estava vestido com desleixo — ou assar um bolo para ele. Percebia-se, pelo movimento dos seus corpos e pelo tom da sua voz, que odiavam umas às outras. Judite se recusava a participar daquilo, e aliás não suportava o tom oleoso que Benjamin empregava para falar com as mulheres, embora não conseguisse evitar o fascínio que ele provocava nela, exatamente como nas outras. Cortejava as moças sem se comprometer com nenhuma e bebia muito. E embora falasse em construir o futuro com as próprias mãos, conservava uns dedos brancos e longos de pianista — diziam que tocava Chopin divinamente.

Salomão, um dos amigos de Benjamin, era um homem quieto, ossudo, com um rosto estranhamente anguloso que misturava rudeza e doçura em proporções iguais. Tinha acabado de notar como Judite se aproximara de Benjamin, aparentemente para fazer uma observação ou uma pergunta, mas se afastara quando o vira cercado do seu séquito feminino. Havia muito Salomão a vinha observando, e na verdade conhecia muito bem aquela sua expressão de frustração: as sobrancelhas tensas, o olhar perdido, os braços compridos largados alisando a saia distraidamente. Sua aparente fragilidade era especialmente comovente no meio de todos aqueles homens enérgicos e viris. Ele lhe perguntou se estava se sentindo bem e ela, contrariada, disse que sim, claro, e já ia se preparando para sair quando ele começou a falar: quem ele era, o seu trabalho, seus projetos, seu anseio de uma vida sossegada, e as suas palavras, tão firmes como as suas mãos, a fizeram esquecer por um momento de todas as lutas — por Benjamin, por sua saúde, pela sua terra. Salomão tinha senso de humor e sabia ouvir. Quando saíram do salão, sua mão resvalou na dele e pôde sentir a energia máscula dos seus dedos nodosos e secos. Desde esse momento, não se separaram mais.

Judite no país do futuro

E então, em 1929, houve a Sexta-Feira Negra. Judite estava voltando do curso para casa, onde passaria o Shabat com Salomão e Batcheva, quando viu um grupo de árabes avançando ameaçadoramente na mesma direção que ela. Gritavam, com bocas retorcidas de ódio: "Vamos a Meá Sharim!" Judite quis correr, mas sentiu uma pontada no estômago que a obrigou a parar, e ficou observando impotente a marcha implacável. Moravam num bairro próximo a Meá Sharim — será que os árabes passariam também por lá? Batcheva estaria em casa? Lembrava-se de ter dito à irmã que a esperasse, que ela cuidaria de tudo para o Shabat. Mas e se os árabes invadissem as casas? E se as incendiassem? A angústia a lançou para a frente e, sem saber como, de repente se viu na grande praça que separava Meá Sharim da cidade velha.

Na fronteira, soldados ingleses estavam parados com carabinas e não se mexeram quando os árabes começaram a atirar pedras para o outro lado da linha divisória. Homens saíam das suas lojas para retribuir as pedradas: um alfaiate gorducho brandindo um ferro de passar, um sapateiro com seus martelos, pessoas despejadas nas ruas por cem portas invisíveis, e num instante até crianças miúdas e elásticas catavam pedras e as entregavam aos adultos, em muda determinação. Os soldados ingleses apreciavam o espetáculo. Um deles, muito magro e alto, encostou-se de lado numa parede e pôs-se a fumar calculadamente, soltando artísticas baforadas; outros riam, com ar superior. Um gorducho de uniforme amarrotado, muito suado, andava angustiado de um lado para outro parecendo querer dizer alguma coisa, mas periodicamente se detinha, com uma ruga na testa, balançava a cabeça e voltava a andar. Por que ele não fazia nada? Era injusto, mas era dele que Judite tinha mais raiva. A guerra de pedradas se prolongava. O gorducho finalmente desistira de falar o que quer que fosse e agora coçava a barriga no ponto em que o cinto atritava, fazendo a camisa pender lamentavelmente para fora da calça. Por que se concentrar nesses detalhes — mas Deus está nos detalhes, ouvira ou pensara uma vez —, por que repisar esses detalhes se de repente o tempo se contraiu, e de um caminhão desceram dois rapazes e uma moça da Haganá, e um deles — mas era Benjamin, seria possível? —, um rapaz muito branco postou-se ao lado de um policial e começou a atirar, o que fez os árabes se dispersarem, levando os feridos nos braços; e no instante seguinte o rapaz subiu de volta no caminhão, que desapareceu da mesma forma que chegou. Os soldados tinham parado de rir e pareciam preocupados — com os diabos, não podiam fazer nada, afinal aquele pessoal da Haganá tinha armas! Um murmúrio começou a agitar as pessoas que ainda permaneciam nas ruas: dizia-se que uma multidão de árabes estava se aproximando por todos os lados, pelo bairro dos bukharos. Onde estava Salomão? Talvez ele já tivesse chegado na casa dela. Mas encontrou Batcheva sozinha e aflita. Precisavam sair dali urgentemente.

Foram para a casa de um tio no bairro Mahané Yehuda, que ficava relativamente distante dos conflitos. As

Judite no país do futuro

notícias as seguiram até lá: alguns rapazes da Haganá haviam subido nos telhados de casas abandonadas à força pelos moradores, que saíam resmungando por lhes terem estragado o Shabat; de lá, viram os árabes se aproximando. À noite, em torno do rádio, ouviram a BBC conclamando todos que sabiam usar armas a comparecerem ao local dos conflitos. Policiais árabes foram mandados para lá e obrigados a atirar nos seus irmãos. Alguns jovens da Haganá tentaram levar uma metralhadora para o bairro dos bukharos, mas, perseguidos pela polícia, dois deles se separaram do grupo e começaram a atirar, atraindo os ingleses e deixando o caminho livre para os outros levarem a metralhadora.

A cada relato, Judite imaginava que Salomão era um desses jovens e sentia o peito espremido numa massa de orgulho e angústia. Às vezes via Benjamin a seu lado, uma sombra dissolvida no fundo da noite, e percebia que ele não fazia mais parte do seu mundo — mas será que em algum momento fizera?

No meio da madrugada, foram acordados por insistentes barulhos metálicos. Imaginando que eram os árabes, correram para fora da casa, cada um com uma coisa na mão — um livro, um peso de papel, uma faca, um bibelô agarrado de passagem. Ao lado de uma lata de leite revirada, um gato os espiava desconfiado. Num minuto toda a tensão acumulada se derramou; e foi ainda imersa nos risos e nos suspiros de alívio que Judite se entregou a um sono de pedra.

O pesadelo veio de manhã. Voltando para casa, Judite e Batcheva viram os corpos incendiados de Motza. O cheiro de carne queimada se grudou no seu corpo, nas suas roupas, e por mais que Judite esfregasse depois a pele e o tecido ele persistia, em algum lugar inacessível. Souberam que em Hebron estudantes da *yeshivá* foram encontrados mortos, com as cabeças deitadas sobre os livros de estudo abertos. Alguns estudantes haviam conseguido esconder-se na casa do filho do rabino, que tinha amigos entre os árabes e costumava ajudá-los, dando-lhes comida e até pequenas somas em dinheiro. Mas essa amizade de nada adiantara, pois, quando o filho do rabino se recusou a entregar os judeus que estavam escondidos lá, mataram-no com todos os outros que se encontravam na casa. Só se salvaram os que se esconderam atrás dos armários e os que, desmaiados, ficaram estendidos no chão como mortos. Judite tremia ao ouvir as histórias, o estômago lhe doía e sentia-se cada vez mais fraca.

Quando Salomão reapareceu, mais magro e muito pálido, o gogó saltando no pescoço como um pássaro enlouquecido, estava claro que já não podiam permanecer ali. Os ingleses haviam começado a processar os árabes, mas os julgamentos se arrastavam e ninguém era punido. Os advogados e juízes argumentavam a favor dos árabes com detalhes técnicos e dúvidas que soavam aos judeus como bofetadas. Judite e Salomão casaram-se e alguns meses depois o pai lhes mandou dinheiro para que fossem juntar-se a ele no Brasil. Lá encontrariam tranqüilidade para começar uma família.

Judite no país do futuro

Judite e Salomão foram morar em Miguel Calmon, uma cidadezinha próxima a Bonfim, onde Batcheva ficou com o pai. Era o fim do mundo: não havia água encanada nem luz elétrica. Carroças puxadas por bois, sacudindo e tilintando com todo tipo de bugigangas, móveis e panelas, encimadas por mulheres e crianças com ar aparvalhado, abandonavam a cidade, fugindo do cangaceiro Lampião, enquanto os homens ficavam para defender o local. Mulheres e crianças se fechavam nas casas, espremendo toda a mobília contra a porta.

Salomão saía para vender mercadorias a prestação e Judite permanecia na loja que ficava na parte da frente da casa. Tentava quebrar a monotonia com o serviço doméstico. Mandou a empregada lavar o chão pelo menos uma vez por semana — o costume na cidadezinha era lavá-lo apenas uma ou duas vezes por ano —, e ela a olhou entre incrédula e apavorada. Mas, quando as vizinhas viram o chão, disseram com inveja que se podia comer ali. Não tendo encontrado um pintor para caiar a cozinha, montou numa escada e ela mesma pintou as paredes. Naquele fim de mundo, Judite ficou grávida e teve seu primeiro filho, Uri, com uma velha parteira.

À noite, imersa na escuridão irremediável, se lembrava dos salões iluminados das conferências em Eretz Israel, e depois dos tiros, dos corpos queimados, dos rostos raivosos dos árabes, e a noite avançava e diluía e misturava essas imagens com as dos rostos dos cangaceiros de Lampião, que só conseguia imaginar com os olhos parados e vazios daquela gente de Miguel Calmon. E se perguntava se fora para aquilo que viera de tão longe. Quando Uri fez dois anos, resolveram voltar à Palestina, onde imaginavam que poderiam dar ao filho uma educação judaica, mas não agüentaram os ataques árabes cada vez mais acirrados. Dois anos depois estavam de volta ao Brasil.

Agora o seu desejo de paz estava se cumprindo, embora estivesse muito longe da sua terra, tão longe que temia esquecê-la. Não queria esquecer. Esquecer significava morrer — pois o que restaria dela se não se lembrasse mais de nada, das pedras de Tzfat, do pôr-do-sol incendiando as montanhas da Galiléia, da sua mãe agonizante pedindo um pouco de leite, de Moishele se recusando a viver, dela mesma se recusando a morrer? Se esquecesse o casamento com Salomão, o doloroso milagre dos filhos, as doces impressões da terra estranha? E os novos amigos, a preguiçosa convivência, seu improvável calor?

— Posso entrar?

Dona Jacira é uma mulher baixa, morena e forte, de pouco mais de quarenta anos. Tem um rosto redondo simpático, e um leve buço recobre os lábios grossos. Está usando um vestido vermelho sem mangas que mostra o sovaco gorducho recém-raspado.

— É claro, entre. Aceita um cafezinho?

Judite se habituara ao café negro e forte dos brasileiros, que esperta a mente e os sentidos, aparando a moleza das tardes modorrentas — "tão quente que um cão sairia

Judite no país do futuro

correndo se o jogássemos em cima dele", disse uma vez Salomão. Pouco depois de chegar no Brasil, quando ainda se espantava com os meninos descalços e as saias de camponesa das mulheres, uma vez oferecera chá para as visitas, que o rejeitaram energicamente; com os diabos, afinal, não estavam doentes! Ela ainda tomava chá, mas apenas à noite, antes de dormir.

— Aceito, obrigada.

De pé ao lado da porta, dona Jacira queria dizer alguma coisa, mas não achava jeito. José, de gatinhas embaixo da mesa, arrasta um carrinho de madeira de lá para cá; num caminho tortuoso mas perfeitamente lógico, o pequeno automóvel, dirigido por bravos soldados, contorna a cordilheira de uma almofada, fugindo do inimigo, atravessa a ponte de um lápis, espoja-se no lago do balde enquanto emite um belo e prolongado som de chuá, ergue-se acima do chão num rodopio empolgante, com ruídos cada vez mais rápidos e rascantes, até aterrissar sobre as sandálias da visitante, que acaba de soltar um ah abafado. Com quatro anos, José é um menino doce e amante da ordem, e se ergue decididamente contrariado com o grito impertinente. Montanhas não gritam.

— Que graça é o seu filho... Ele ficou bom? Fez a simpatia?

— Não, não foi preciso, ele já está melhor.

— Ah, bom, graças a Deus, mas quando precisar de novo, vai ver: não falha.

— Olha o café.

Adriana Armony

— Obrigada. — Dona Jacira sopra o café, vira a cabeça para os lados, depois pára o olhar no menino. — Não tem problema ele escutar?
— Escutar o quê? — Mas, notando o olhar significativo da amiga, empurra o filho levemente para dentro. — Vai brincar lá dentro, José.

O menino agarra duas almofadas, o carrinho e o lápis, confere o rosto da mãe para confirmar o que já sabia, isto é, que não poderia levar o balde, arruma tudo numa bola amarfanhada e se retira com a cara amarrada. No quarto havia menos espaço, e desde o episódio da aranha-caranguejeira o quintal estava vetado. Além disso, quem seria a montanha que com um movimento podia derrubar o carro de alturas vertiginosas?

— Vocês, judeus, também têm problemas de marido e mulher, não é? — começou dona Jacira, depois que ouviu a porta do quarto das crianças se fechar com um estrépito maior que o normal.

Desde que chegara no Brasil, havia dezesseis anos, Judite percebera que os brasileiros nada sabiam sobre os judeus. Sua ignorância chegava a ser cômica. Quando Batcheva entrara na escola em Bonfim, uma menina lhe perguntara por que ela não tinha chifres, como a prevenira uma vez um padre. Dona Jacira, que se orgulhava do próprio tato, invariavelmente iniciava suas considerações por uma pergunta assim: "Vocês, judeus" etc. Achava que, apalpando antes o terreno, corria menos risco de cometer gafes. Judite dizia a si mesma que o que à primeira vista

Judite no país do futuro

parecia discriminação talvez fosse apenas o temor de ferir suscetibilidades. Mas nem por isso deixava de sentir certo mal-estar.

Ainda na casa do pai, em Bonfim, Judite ouvira uma amiga da empregada dizer que os judeus assim se chamavam porque tinham judiado de Deus: "judiar de Deus, ju-deu", explicara, didaticamente. Judite ficara vermelha de vergonha e de raiva, e se retirara da cozinha em sinal de protesto. Como explicar àquela mulher analfabeta, que nunca tinha saído da sua cidade, quanto mais do Brasil, que o Deus dos católicos nascera do Deus judeu, e que o próprio Jesus não só era mas também se proclamava judeu? E que os descendentes da tribo de Judá eram anteriores a Judas, do qual provavelmente devia vir o verbo judiar, e toda a soma de causalidades e casualidades filológicas desembocara naquele absurdo — eram esses os argumentos irrefutáveis que ela repetia para si mesma, apesar de dizer que pouco se importava: eram uns ignorantes, apenas isso.

Naquela época, não havia muitos judeus no Brasil, e no interior do sertão ainda menos. Em Bonfim só havia a sua família, mas, espalhados pelas cidades vizinhas, judeus vendiam mercadorias nos povoados menores. Nenhum deles confessava ser judeu. Eram chamados de russos e muito respeitados. As pessoas que nunca antes haviam imaginado adquirir certos produtos sentiam verdadeira gratidão pela oportunidade de comprar mercadorias à prestação. Mas se os fregueses descobriam que o prestamista era judeu, instalava-se um certo mal-estar.

Adriana Armony

O pai de Judite lhe contara que, uma vez, um amigo brasileiro com um cargo importante fora visitá-lo e lhe dissera: "Inventaram uma calúnia sobre você: que você é judeu. Sei por que ele inventou isso. É seu inimigo e não pode competir nos negócios com você. Mas, se eu soubesse que isso era verdade, eu o expulsaria imediatamente." Na sexta-feira de Páscoa, o pai se fechava em casa, acendia as velas e rezava para que tudo se passasse em paz.

Nas festividades judaicas, os judeus das redondezas costumavam se reunir na casa do pai de Judite. Era comum que um deles fosse a Salvador e mandasse matar uma porção de galinhas de acordo com o ritual judaico para ao menos nas festas comer comida *kosher*. Uma vez, um dos judeus sugeriu trazê-las não numa caixa com gelo, mas dentro de carvão moído — assim aprendera num livro onde estudava as maneiras de fabricar sabão. Durante uma semana, uma fina camada negra cobriu tudo. O carvão era moído no quintal da casa, deixando no chão um rastro de pegadas de todos os tamanhos. Por fim, conseguiram encher um caixote de carvão. Um dos judeus viajou e, às vésperas de Pessach, as mulheres correram à sua casa para pegar as galinhas. Quando abriram o caixote, sentiram um cheiro medonho. Mesmo assim, enfiaram as mãos naquele pretume, tentando retirar dali alguma galinha que prestasse. Algumas mulheres chegaram a desmaiar com o cheiro, outras resmungaram pragas em iídiche. Um pequeno conselho de homens se instalou. Determinou-se que os pequenos cadáveres seriam levados para longe da cidade, onde

Judite no país do futuro

seriam enterrados. O cheiro ainda persistiu por um tempo e só se dispersou porque pouco depois caiu uma chuva forte. Enquanto isso, o homem que inventara a nova maneira de preservar carne de galinha rebentava de rir. "Que o dilúvio caia sobre a sua cabeça!", praguejou uma das mulheres. Seu sogro, que por coincidência se chamava Noé, resolveu então revelar que no passado, numa grande comunidade judaica, o rapaz recolhera dinheiro de alguns judeus que pretendiam comprar terras na Palestina. Normalmente, o dinheiro era mandado por pessoas de confiança: uma pessoa de boa família ou um rabino. Quando chegou a Jerusalém, o genro instalou-se no melhor hotel da cidade e gastou todo o dinheiro com comida e mulheres. Muito vermelha, a filha de Noé foi se esconder no quarto, enquanto o marido se justificava como podia: "Ora, aquele dinheiro não dava mesmo para nada, que mal tinha eu me divertir um pouco? Além disso, eu era jovem..."

Havia mais duas famílias judias em Além Paraíba. Uma delas era a de um alfaiate judeu casado em segundas núpcias com uma católica que ficara viúva. Seus filhos odiavam o padrasto. A filha, uma jovem nervosa e pesadona, quando se irritava costumava gritar aos sete ventos: "Quando vai morrer esse judeu e nos deixar tudo?" A outra família mudara de sobrenome e os filhos iam à igreja. O casal advertira Judite e Salomão que se soubessem que eram judeus poderiam ter aborrecimentos. Mas não foi isso que ocorreu. Na escola, Judite pediu às professoras que liberassem seus filhos das aulas de religião e elas concordaram de boa vontade. Os judeus que escondiam a própria religião lhes apresentaram a família de dona Jacira, que era muito católica, e logo se tornaram íntimos.

"Quem esconde sua fé não a respeita e não pode respeitar outras religiões", lhe havia dito dona Jacira, com um tom que misturava censura (para a família dissimulada) e bondade (para eles).

E lá estava Judite agora, com a amiga que era católica fervorosa lhe pedindo ajuda. Era impossível recusar. Quando Judite estava grávida de Débora, enjoando muito, e Salomão precisara viajar ao Rio de Janeiro para comprar mercadoria, dona Jacira viera dormir na sua casa, para que não ficasse sozinha. Preferira vir ela mesma e não mandar a filha, para que não recaísse sobre o seu rebento o grande pecado de dormir na casa de uma judia.

— ...e todo mundo já sabe. Ele paga uma casa para ela, parece que até compra jóias. Uma safada, Deus me perdoe, uma mal-agradecida. A Quitéria, mãe dela, lavava roupa lá pra casa, quantas vezes não dei doce pra ela, uma menina magricela correndo descalça para lá e para cá. E depois que a mãe juntava aquele tanto de roupa, que enrolava tudo em dois montes amarrados com lençóis, tinha que ralhar com a menina, que parava o tempo todo e encostava o monte dela na terra, sujando tudo. Uma avoada. Às vezes sumia um saco de biscoitos, uma vez sumiu um brinquedo da minha filha, que às vezes brincava um pouco com a menina. Mas como eu ia poder imaginar? Foi crescer e botar corpo pra querer roubar também o meu marido.

Judite no país do futuro

Dona Jacira chorava, torcia as mãos. Judite mal podia acreditar naquilo: o marido dela sempre lhe parecera um homem decente. Era um sujeito socado, de nariz largo, com olhos de índio e uma careca que procurava esconder puxando o cabelo para o alto. Vangloriava-se da própria família e dos negócios, adorava contar histórias e sempre recebia os amigos com generosos tapinhas nas costas, nos ombros e até na cabeça, como se quisesse ter certeza de que estavam na sua casa mesmo e ali permaneceriam.

— Tem muito tempo que ele não me procura. Eu já fiz de tudo, sabe? Perfumei o quarto, até mandei a empregada lá de casa fazer um trabalho de macumba, Deus me livre do padre saber. Mas o pior não é isso. Eu na verdade não me importo muito, já temos nossos filhos, graças a Deus. Há muito tempo eu sei desse caso dele, é natural, ele é homem. Mas é que agora ele mal aparece em casa. Está até faltando dinheiro! E se um dia a menina aparece grávida?

Judite estava confusa. Nunca tinham falado no relacionamento que tinham com os maridos, quanto mais no que acontecia dentro do quarto de cada uma. Costumavam trocar receitas, elogiar ou lamentar as peripécias dos filhos, falar de doenças. Dona Jacira era vítima de enxaqueca e sempre estava experimentando algum novo remédio.

— Mas eu nunca notei nada! — foi o que Judite conseguiu dizer.

— É que eu nunca gostei de me queixar. Além do mais, essa gente adora falar da família dos outros. Mas agora não estou conseguindo mais agüentar. — Baixou os olhos vermelhos e inchados, e acrescentou, num fiapo de voz: — Estou com medo.

Imaginou o lar de dona Jacira desfeito: a filha fraquinha, que odiava legumes e verduras e que sempre acabava se entupindo de biscoitos, agora sem comer nada mesmo; o filho de doze anos vadiando dias inteiros, matando passarinhos com o estilingue que o pai fizera para ele; a pobre mãe tendo que arrumar trabalho de costureira e indo consultar uma quiromante uma vez por semana, como a abandonada de Tzfat.

Dona Jacira enxugou os olhos, respirou fundo.

— Eu queria lhe pedir um favor. Meu marido respeita muito o seu, admira o sucesso dele nos negócios. Quem sabe se você pedisse para ele conversar com meu marido? Eu sei que vocês, judeus, dão muito valor à família.

Judite concordou, sem atinar em como podia conversar um assunto daqueles com o marido. Dona Jacira estava pegando a bolsa e tirando de dentro dela umas balas embrulhadas em papel colorido.

— São para os seus filhos, com as minhas lembranças. Agora deixa eu ir que tenho que cuidar da vida. Obrigada, querida.

E saiu, deixando a casa silenciosa atrás de si. No quarto, José tinha cochilado ao lado de um carrinho, a boca aberta molhando a almofada que pouco antes fora uma montanha íngreme.

Logo em seguida, as vozes de Uri e Débora chegando da escola encheram novamente a casa.

3

— Foi ela!
— Não acredita, mamãe! Foi ele!

Judite, vindo do quarto de mãos dadas com um sonolento José, encontrou na sala Débora com os braços cruzados e Uri com um dedo estendido quase tocando o nariz da irmã.

— Mas o que aconteceu?

Uri lançou-se em uma longa explicação que envolvia um lápis, um beliscão e um acidente. Débora pegara escondido o lápis do irmão, que estava incomparavelmente mais bem conservado do que o dela (tinha o costume horrível de roer todos os lápis, o que além do mais deixava os seus dentes pretos como os de uma velha). Quando Uri foi copiar a lição no caderno, constatou que só lhe restara um toco roído e imprestável e imediatamente percebeu que Débora era a culpada de tudo. Também, era muito burra (e aqui, diante do olhar recriminador da mãe, baixou a voz), se só tivesse tirado o lápis ele ainda podia ter alguma dúvida, mas fez a troca denunciadora, então ele tinha certeza: era ela a culpada.

— O que você queria, chegar na escola e não ter nenhum lápis pra escrever?

— Arrá, viu? Confessou!

— Não confessei nada — disse Débora muito vermelha, apertando ainda mais os braços em torno de si mesma.

— Então eu abri a bolsa dela e achei lá o meu lápis.

— Ele me beliscou!

— Não belisquei nada, só peguei no seu braço porque você não queria devolver. E ainda disse que não sabia como o lápis tinha ido parar na bolsa.

Débora estendeu o braço e revirou-o, procurando uma marca que teimava em não aparecer. Uri se especializara em dar beliscões com a força exata necessária para não deixar pistas.

— Eu juro!

— Então ela puxou o lápis tão forte que ele quebrou! Meu lápis novinho!

— Foi sem querer! — gritou Débora, começando a chorar, com a boca bem aberta, os cantos voltados para baixo numa máscara de desespero.

Por um momento, ninguém falou. Os filhos aguardavam o veredicto. Passou pela cabeça de Judite uma idéia

Judite no país do futuro

engraçada: a de que não podia usar o recurso do rei Salomão, que tinha mandado cortar ao meio o bebê reclamado pelas duas supostas mães para identificar a verdadeira, a qual preferiria que o bebê ficasse com a falsa mãe a ver o filho morrer. Nesse caso, o lápis já estava quebrado. Sentindo um extremo cansaço de tudo aquilo, disse com uma calma tensa e calculada:

— Débora, diga a verdade.

— Eu não me lembro, mamãe, juro. Pode ser que naquele dia do desenho a gente tenha trocado os lápis sem querer, não pode? Ou quem sabe esse lápis nem era o seu?

— Rá rá rá.

— Mãe, olha o Uri. Pode sim, né, mãe?

Onde estaria a verdade? Judite não fazia a menor idéia, mas precisava mostrar que tinha o total controle da situação, de modo que se manteve firme. Salomão ainda ia demorar para chegar e era preciso proferir a sentença.

— Débora, você pode ter trocado o lápis sem querer, mas quando o seu irmão pediu você tinha que devolver para ele.

— Eu ia devolver... Eu nem tinha certeza que era o lápis dele...

— Mas não devolveu, e o seu irmão te disse que o lápis era dele. — E, irritada com toda aquela chateação: — Fica quieta, sou eu que falo agora. Por sua causa, o lápis dele quebrou. Você vai ter que dar um lápis seu para ele. Aliás, já está na hora de você parar de roer os seus lápis. E hoje não pode brincar lá fora.

Uri não cabia dentro do próprio triunfo.

— E você, Uri, como irmão mais velho, tome mais cuidado quando acusar os outros. Você não pode fazer isso se não tiver provas.

Débora foi chorar no quarto e Uri ficou por ali mesmo, assobiando baixinho, enquanto Judite dava ordens para a empregada.

— Mãe, posso brincar um pouco lá fora?

— Vá, vá, filho, mas não demore. Daqui a pouco seu pai vai chegar.

Afinal, o episódio do lápis fora até lucrativo para Uri. Estava livre, completamente livre! Normalmente a mãe o reteria, lhe faria mil recomendações: que tomasse cuidado, que não corresse demais, que não aceitasse provocações de ninguém, que meninos inteligentes não brigam, que levasse um agasalho (embora o tempo estivesse quente pra burro). Uri experimentou um salto, chutou uma lata vazia e, enquanto corria na direção do campinho de futebol, ouviu o grito da vizinha:

— Filho, vem cumêê bananááá...!

Nunca que a sua mãe lhe daria banana antes do almoço. Bom, na verdade ela também não o deixaria jogar futebol àquela hora, ele sabia disso — mas ele não mentira, só não dissera nada, e brincar lá fora podia muito bem significar jogar futebol, por que não? Ele voltaria sem nenhum arranhão e ninguém notaria. O jogo já devia estar acabando, precisava se apressar.

Judite no país do futuro

O campinho era um quadrado de grama irregular com garrafas de leite no lugar de balizas, o que tornava o chute a gol uma operação delicada: era preciso chutar forte, mas evitando que a bola batesse na trave, que podia cair ou até se quebrar. Sob o sol a pino, oito garotos se derretiam como picolés, quatro deles sem camisa. Do lado do campinho, um menino negro de cócoras acompanhava o jogo com a boca aberta. Uri conhecia bem alguns dos garotos. O mais forte e elástico era o mais tolo da classe, e dois de seus companheiros de baderna estavam com ele no time dos com-camisa. Além deles, os mesmos garotos de sempre: um moreno, gordo e asmático, especialista em um enorme elenco de palavrões; um magricela que costumava se exibir puxando bem a barriga para dentro de forma a deixar à mostra todas as costelas; e um garoto que, por já lhe despontarem uns fiapos de barba no queixo, se julgava no direito de mandar nos outros. A partida acabara naquele momento e estavam discutindo a próxima, antes da inevitável dispersão. Uri se aproximou timidamente e ficou olhando fixo para o garoto mais velho. Encorajado pelo seu gesto, o negrinho também se levantou e ficou esperando. Os garotos olharam de rabo de olho e continuaram a combinar seus times. Alguns recolocavam a camisa, outros a tiravam. Então escutaram a voz do negrinho:

— Ei, já tem mais um.

— O quê? — perguntou o gordo asmático, com ar ultrajado.

O menino inspirou fundo, tomando coragem.

Adriana Armony

— Vocês não disseram que eu não podia jogar porque os dois times iam ficar com número diferente? Agora já tem mais um. Uri sempre jogava quando o time estava desfalcado. Normalmente, ficava no gol. Algumas vezes vira aquele menino por ali, olhando ou fazendo embaixadinhas com uma fruta meio podre caída no chão. Nunca tinha ouvido a voz dele, uma voz estranhamente modulada, que alternava notas agudas e queixosas com outras mais graves, que pareciam vir de outra pessoa. Apesar de ser miúdo, era óbvio que já era quase um adolescente.

— Ah, é... — disse o colega de classe de Uri, com ar falsamente compreensivo. — Entendi, eles não querem ficar de fora. — Olhava para os dois mas falava como se se dirigisse aos outros, não a eles, o que fez com que Uri desse um passo para trás. — Mas será que sabem jogar?

Uri sabia a resposta. Ele não sabia jogar bastante bem. Era diferente dos outros. Para começar, tinha aquele nome esquisito. "Macio e claro é o curto nome,/ um pingo de água,/ para meu menino moreno", a mãe lhe recitava, dizia que eram os versos de uma poeta judia, dedicados ao filho que não teve e que chamaria de Uri, se o tivesse. Mas ele mesmo não gostava do nome, preferiria se chamar José, como o irmão. Devia era voltar para casa e tocar o seu violino, repetindo escalas, para cima e para baixo, martelando os dedos no braço firme e generoso até seus dedos ficarem vermelhos, anestesiados, e o turbilhão das notas o envolver, o engolfar, o levar para longe de tudo.

Judite no país do futuro

— Por que não? — disse o garoto dos fiapos de barba.
— Vamos nos divertir um pouco.

O negrinho ficou no time dos sem-camisa e Uri foi para o outro lado do campo, desta vez como atacante, não como goleiro. O jogo começou e ninguém passava a bola para eles. Uri corria de um lado para o outro, como um pássaro preso numa sala. Duas vezes escorregou e percebeu com horror que seu joelho estava sujo não apenas de terra mas de sangue. Quando chegasse em casa, sua mãe o agarraria desesperada, apalpando o machucado para ter certeza logo de que não era nada de grave; então talvez o abraçasse, mas logo em seguida o sacudiria, censurando sua falta de cuidado, dizendo que não se importava com ela, que queria matá-la de preocupação. Todas essas considerações o deixavam paralisado, e estava de pé no meio do campo quando o negrinho, que tinha pegado a bola e driblado os seus adversários com-camisa, deixou sobrar a bola para ele; num reflexo, chutou forte para o gol, e a bola entrou bem rente à garrafa de leite, surpreendendo o goleiro.

— Ei, moleque, assim não vale! Tá roubando pro outro time?

— Roubando nada — resmungou o negrinho para os próprios pés descalços.

Sob o ar abafado e opressivo, os meninos viram o gordo se aproximar e parar diante do negrinho, como um caubói solitário. Fascinado, Uri se perguntava: quem faria o próximo movimento? Seria incorreto ele intervir, quando o gordo atacasse e os dois corpos embolados rolassem pela terra seca?

— Ih, tá na hora! — gritou o gordo, vendo dois vultos de mulher que se aproximavam batendo palmas. — Depois a gente acerta isso.

Num instante, o campo se esvaziou. Uri e o negrinho foram caminhando lado a lado, muito quietos. Quando chegaram no portão da sua casa, Uri estendeu-lhe uma mão solene. Queria despedir-se dele como vira o pai fazer com seus amigos adultos.

Fazia muito tempo que Uri tinha a sensação de ser diferente dos outros meninos. Quando entrou na escola, essa sensação ficou ainda mais gritante. Todo dia, antes do início das aulas, os meninos tinham de se levantar das carteiras para rezar o Pai-Nosso, e ele mexia os lábios para fingir que sabia recitar a oração. Na hora de fazer o sinal-da-cruz, era o único que não conseguia acertar os movimentos da mão, com seus cruzamentos inexplicáveis. Até que chamaram a sua mãe para denunciar o que seria um desleixo em relação à escola ou a Deus — não parecia fazer muita diferença. Judit explicou que eles eram judeus, que eram outras as suas tradições. Uri foi dispensado de rezar o Pai-Nosso; a professora lhe pedia para se retirar de sala e lá ficava ele, quieto, ao lado da porta, esperando que aquela onda monótona e sem significado se extinguisse e ele fosse readmitido no burburinho dos colegas. Mas o que o deixava doente eram as gêmeas, duas lindas meninas magrinhas e de nariz arrebitado que por algum motivo pareciam estar sempre rindo dele. Durante as aulas, Uri não conseguia deixar de fitá-las, impressionado: como podiam ser assim

Judite no país do futuro

iguaizinhas? Não conseguia saber quem era quem. Os gestos de uma completavam os da outra; se uma deixava cair um pedacinho de papel, a outra o pegava; no recreio, penteavam longamente os cabelos ruivos, pescando os grampos de um bolo espinhoso que ajeitavam com amor. Bem diferente dele e dos irmãos, que viviam brigando.

Em sua casa, acendiam velas na sexta-feira e comemoravam todas as festividades judaicas: tinham um ano-novo diferente, uma Páscoa diferente. Sua mãe sempre que podia falava hebraico com ele. Mas acontecera uma coisa estranha: desde que voltara de Israel, aos quatro anos de idade, Uri se recusava a falar hebraico. Afinal, o que pensavam que ele era? Saíra de um lugar e fora jogado em outro e como um ioiô lá estava ele de volta; primeiro a bola era a bola, e explodia e rolava da boca — e logo não o entendiam, a bola tinha outros sons, seria também outra coisa? Depois a bola voltara a ser bola, o cachorro voltara a ser cachorro, mas agora não pareciam os mesmos de antes, pois tinham dois nomes, e então nenhum era o verdadeiro. Foi quando Uri tomou uma decisão: não aprenderia mais nenhuma língua, não o jogariam de novo de lá para cá. A bola seria a bola, o cachorro seria o cachorro.

Foi também aos quatro anos, na viagem de volta para o Brasil, que Uri se enamorou do violino. Na sua lembrança, o período em Israel era uma massa confusa e amorfa de sons e imagens pastosas, que findava gloriosamente com um som nítido e agudo, de indiscutível limpidez. Era o som arrancado pelo arco de um violino. O pequeno corpo rijo do instrumento se apoiava numa bochecha mole, que tremia com os trinados e volteios do arco que lembravam os de uma espada, deslizando, martelando, machucando, até se suspender no ar, soterrado pelos aplausos. Flutuando, a última nota permanecia reverberando acima de todas as cabeças. Uri pôde ver então o senhor que fizera tudo aquilo: tinha a cabeça quase calva e uns dedos longos, cheios de pêlos nas juntas. O homem ficou um instante escutando os aplausos com o instrumento apertado contra o peito, inclinando a cabeça modestamente; depois voltou a abraçar o violino e deu-se de novo a transformação. Nesse momento, Uri decidiu que queria ser como aquele homem, e pediu para estudar violino. Como um ano depois ele ainda insistisse, seus pais resolveram comprar-lhe um instrumento, e arrumaram um violinista amador da orquestra municipal que uma vez por semana vinha lhe dar aulas.

    Entrou em casa e foi direto para o quarto. Abriu a caixa do violino e contemplou-o: como estava, parecia um belo corpo moreno estendido no esquife. Retirou-o, segurando-o com delicadeza pelos flancos. Quando se preparava para começar a tocar, escutou o pai chegando para o almoço.

— Estou morrendo de fome!

— Já vou mandar tirar.

    Ainda tinha um pouco de tempo para experimentar uma idéia que tivera para uma nova composição. Beliscou uma ou duas cordas, atacou-as com o arco. Tocava pressionando insistentemente duas delas, de forma a soltarem um som único e prolongado. Aquilo o fazia lembrar as gêmeas, os dentes pequenos e brancos, as faces rosadas, os risos abafados. Pressionava com uma força cada vez maior, até que as duas notas pareceram soltar um doce gemido, que se espalhou pelos seus dedos de forma deliciosa.

— Uri está tocando há muito tempo?

— Não, acabou de chegar e já se enfiou no quarto. Deve estar imundo. Dorinha, chama o Uri para tomar banho. E diga para a Débora que pode sair do castigo.

— Castigo? — perguntou o marido, enquanto tirava os sapatos, revelando um dedão espetado sob as meias pretas.

— É, ela e o Uri tiveram uma briguinha. E lá na loja?

— Ah, o seu Joaquim apareceu de novo, e eu pedi que ele me pagasse ainda este mês. Acho que ele não gostou muito. Parece que o homem agora deu pra beber.

— A dona Jacira esteve aqui. — Fez uma pausa, durante a qual pensou se deveria tocar no assunto naquele momento, antes do almoço. Decidiu livrar-se logo dele. — Ela está com problemas.

— Problemas? Que tipo de problemas?

— Problemas com o marido. Ela se queixou de falta de dinheiro em casa. Parece que ele tem outra.

— Bom, sustentar duas casas não é fácil... — disse Salomão com um sorriso matreiro.

Será que o marido já sabia de alguma coisa? Ele falava daquilo com tanta naturalidade... Parecia saber exatamente o que era ter uma amante... Experimentou olhar para ele como se fosse um estranho. Se numa questão como a do lápis era tão difícil saber a verdade, quanto mais em problemas de adultos, que tinham tantas maneiras diferentes de pensar. E tanta experiência em fingir.

— Ela pediu que eu falasse com você. Quer que alguém converse com o marido dela.

— Preciso saber primeiro qual é o problema, se a falta de dinheiro ou existir a outra mulher...

— Ora, Salomão!

A comida estava na mesa. Débora, de olhos baixos, sentou-se silenciosamente no seu lugar, enquanto José subia na cadeira com indisfarçável alegria. Tinha batata frita, seu prato preferido! Acompanhava cada movimento da mãe com incontida ansiedade. Uri foi o último a aparecer, com o rosto afogueado e os cabelos molhados do banho. Judite achou-o bonito, com seu rosto alongado de menino crescido. Enquanto colocava o arroz no prato de José, sentia prazer em contemplar o rostinho confiante, de uma ingenuidade comovente. E quanto a Débora, tinha tanta personalidade! Quando as batatas já haviam sido devidamente repartidas e todos já estavam comendo, José soltou um grito terrível.

— Minha batata!

— O que aconteceu, filho? Queimou a boca? — sobressaltou-se Judite.

— O Uri pegou a minha batata!

Débora sorria sadicamente.

— O que aconteceu, Uri? — disse Salomão com didática calma. — Você não sabe que precisamos de tranqüilidade nas refeições?

Judite no país do futuro

— Poxa, era só uma brincadeira.

— Não está vendo que o seu irmão é pequeno? — disse a mãe, ríspida. — Dê uma das suas batatas para ele, Uri!

— Não adianta, não adianta — José estava inconsolável. — Sempre vai ficar faltando aquela batatinha. Mesmo que você me dê todas as batatas que existirem, aquela batatinha vai ficar faltando!

À noite, ao lado do corpo sólido do marido adormecido, Judite não pôde deixar de pensar no que José dissera. Por mais que tivéssemos coisas, por mais que substituíssemos o que perdemos, aquilo, precisamente aquilo que perdemos ficava sempre faltando. Sim, talvez por isso para o ser humano o infinito fosse um conceito tão impossível; pois normalmente pensamos nele como um acréscimo sucessivo e interminável; mas, se suprimimos algo, por mais que acrescentemos, resta o fato de que houve algo suprimido. Nesse caso, um infinito poderia ser maior que outro? Pois se de um suprimíssemos, digamos, dez coisas e de outro apenas uma, nem por isso deixariam de ser infinitos. O ressonar de Salomão marcava o tempo como um relógio, e cada ronco era mais um número infinitamente acrescentado na noite e no cansaço de Judite. As próprias pessoas eram pequenos infinitos; e agora, a seu lado, dormia um desses infinitos, com todas as suas coisas suprimidas ou inexistentes, e tão diferente do dela que pareciam incomunicáveis.

4

João Ramalho, de pé no batente da porta, com uma pilha de livros na mão, lembrava um vendedor de enciclopédias. Deu um sorriso envergonhado ao mesmo tempo em que espichava o olhar curioso para dentro da casa.

— A minha tia disse que a senhora estava em casa, e aproveitei que tinha que sair mesmo para lhe trazer uns livros. O seu Salomão disse que a senhora gosta muito de ler.

Judite abriu caminho para o rapaz entrar. Tinha chegado há pouco tempo do Rio de Janeiro, onde acabara de terminar os estudos em Direito, e trazia em si as marcas da cidade grande: uma desenvoltura, uma largueza de movimentos e de pensamentos que fascinavam.

— Gosto, sim. Mas aqui não tenho muita coisa que ler. Sente-se, por favor. Aceita alguma coisa?

— Obrigado, acabei de comer.

Estão sozinhos na sala. Débora está de castigo, Uri ainda não voltou e a empregada está dando banho em José. Judite, que naquela noite quisera se encarregar pessoalmente do *borscht*, acabara de deixar a panela pronta sobre o fogão.

— Salomão já vai chegar — diz Judite, sem saber bem por quê.

— Olhe, trouxe livros de vários autores. Mas o meu preferido é o Stefan Zweig. Conhece?

— Acho que conheci esse nome. Em Eretz Israel, eu costumava ler tudo o que aparecia nas minhas mãos: a Torá, os livros santos, e também livros de histórias. Se soubesse, o meu avô, que é muito religioso, proibia. Mas o meu gosto é conhecer todos os mundos.

Que jeito estranho de falar, aquele. Talvez fosse a diferença das línguas: havia na fala dela um sotaque estranho, que estava mais no modo de combinar e encadear as palavras do que no som de cada uma delas.

— Eu admiro muito os judeus — declarou solenemente, mas logo pareceu envergonhar-se. — Minha tia gosta muito da senhora.

— Dona Jacira é uma mulher muito boa. Mas sobre o que escreve esse Zweig? Ele é judeu, não é?

— É um judeu austríaco, um homem do mundo. Graças ao talento e à fama ele escapou dos nazistas e agora vive aqui.

— Aqui no Brasil?

Judite no país do futuro

— Em Petrópolis, uma cidadezinha serrana próxima ao Rio de Janeiro.
— Ele deve ser mesmo muito famoso para conseguir um visto. É terrível, mas parece que estão negando vistos para todo mundo. Salomão me disse que outro dia um navio teve que voltar cheio de imigrantes. Onde vão deixar os coitados? Espero que não em Treblinka. Eu imagino como eles devem ter se sentido.
— Vocês também vieram para cá num navio desses, não é?
— Eu vim alguns anos depois da Primeira Guerra.
— E gosta daqui?
— Estou viva, acho que é isso que esse país significa para nós todos. — E num suspiro: — É tão diferente de tudo!

João examina o rosto de Judite. Os olhos muito juntos são de um negro líquido, e o queixo desafiadoramente projetado para a frente contrasta com a timidez do olhar.

— Eu posso imaginar.
— Não sei se pode. — De repente, se sentia íntima do rapaz. — Pensando bem, é engraçado pensar que, se um brasileiro fosse para a Palestina, estaria dizendo a mesma coisa. E então estranharia as casas de pedras e as roupas compridas, do mesmo jeito que eu estranho as casas caiadas e a nudez dos moleques, e soltaria suspiros pela sua terra. Sabe que a primeira vez que a minha irmã viu um negro ela teve um susto? A Batcheva achou que fosse um homem pintado!

— Bom, também para ele nós somos caiados como as casinhas.

Riram. Judite não pôde deixar de pensar que aquela afirmação também se aplicava a eles dois, uma judia e um brasileiro. Era como se ela também tivesse uma cor estranha, que não estava na pele, mas nos gestos, nos pensamentos. Mas, ao pensar aquele "nós dois", ao perceber que eles cabiam juntos naquela expressão, sentiu um doce sentimento de culpa.

— Ah, aí vem o meu marido!

Com passos largos, Salomão em um instante está no centro da sala.

— Então você veio mesmo. Seja bem-vindo!

Ao lado de João, Salomão parece um homem rude, quase um camponês. É um pouco mais baixo e mais largo que o brasileiro, e suas orelhas de abano nunca haviam parecido tão supérfluas.

— Almoça conosco?

— Não, obrigado, só vim mesmo trazer esses livros para vocês. Eu estava falando para a senhora Judite que o senhor Stefan Zweig mora aqui no Brasil. Na verdade — disse, baixando modestamente a cabeça —, eu o conheci.

Judite ficou ao mesmo tempo encantada e despeitada pelo rapaz não ter lhe contado isso antes.

— Conheceu? Quando?

— Bom, eu estava no Rio de Janeiro quando ele veio ao Brasil pela primeira vez, em 1936. Eu ainda era estudante

Judite no país do futuro

e colecionava autógrafos, e fui assistir à conferência dele, no Instituto Nacional de Música: "Unidade Espiritual do Mundo". Me lembro até hoje de um trecho que me impressionou: "povos moços, povos não usados que viveis do futuro e não do passado...". É um homem alto, de porte impressionante, mas com um olhar melancólico e até... constrangido. Devia estar morto de calor, transpirava muito. Quando acabou, as admiradoras o cercaram e não sei como consegui chegar até ele no meio de todos aqueles chapéus.

— E conseguiu o autógrafo?

Dora estava falando alguma coisa atrás de Judite.

— Dona Judite, já dei banho no José. Já pode tirar o almoço?

— Espera aí, Dorinha. Ou melhor, vai chamar o Uri.

— E a Débora?

— Deixa que eu cuido dela. Agora vai!

Quando Judite se volta, os dois já estão se despedindo:

— ...então você gosta de xadrez? Venha um dia jogar conosco. Eu ensinei ao Uri e sempre que podemos jogamos uma partida antes do jantar. E não deixe de trazer o álbum com o autógrafo. O nosso povo preza muito a inteligência. Podem tirar tudo de nós, casa, móveis, dinheiro, menos o que temos aqui dentro. — E apontou a própria cabeça com o dedo esticado.

— Boa tarde, boa tarde. — Estranhamente, João foi saindo de marcha a ré, como se fosse uma imperdoável falta de delicadeza voltar as costas para eles. E então, tendo alcançado a soleira da porta, voltou-se e começou a correr.

Uma mulher bíblica, esposa de um rei Salomão, uma flor dos desertos da Palestina... Sua imaginação incendiava. Judite lhe chamara a atenção já na primeira vez que fora ao armazém com a tia. O rosto era sofrido mas os olhos eram atentos e vivos. Falava pouco, mas fazia perguntas certeiras e agudas. No Rio de Janeiro, João conhecera algumas judias, as famosas polacas, mulheres femininas, barulhentas, algumas desabusadas, algumas de uma fragilidade que fazia queimar o sangue. Era comovente como, depois de atender a uma dezena de homens, elas se recolhiam a suas casas na sexta-feira para acender as velas e rezar sob a proteção dos seus caftens, que também seguiam as tradições judaicas. No sábado, elas não trabalhavam, sequer pintavam as unhas, e para muitos esse súbito recato era injustificável. João achava isso tudo encantador. Fascinava-o o contraste: adorava os rostos quase infantis que se escondiam sob as rodelas de ruge; e, nas longas noites em que conversava com elas, sentado na ponta de uma cama feita às pressas, no quarto estreito e sujo separado dos outros apenas por uma tábua fina, encontrava invariavelmente sob a pele da ironia e do desdém uma menina ansiosa e desconfiada, pronta a servir e a amar.

    Ele percorria as ruas da Zona do Mangue, iluminadas com luzes verdes, vermelhas, amarelas e brancas, acom-

Judite no país do futuro

panhado pelos sorrisos das mulheres que se exibiam nas janelas, pássaros exóticos em jaulas acesas: negras, francesas, caboclas, croatas e polacas, vestidas de carnaval, algumas com tanta maquiagem que o rosto parecia que racharia a qualquer momento. Por trás de cada uma delas, uma lâmpada elétrica colorida emoldurava com reflexos mágicos uma cama na penumbra. Estivadores de torso nu, gordos motoristas de caminhão, empregados de escritório, homens de todo tipo desapareciam nas portas e mergulhavam nos cubículos como setas de luz. Era impressão ou as mulheres sussurravam segredos à passagem de João? Algumas pareciam felizes, e até triunfantes, quando eram escolhidas por ele... "Você é diferente", disse-lhe Rebeca uma vez, enquanto lixava a unha. Rebeca era uma polaca muito nova, quase uma adolescente, e tinha uma história trágica: um dia um senhor bem vestido e perfumado aparecera no seu *shtetl* na Polônia. A família vivia com dificuldade. Nas melhores refeições, comiam uma sopa rala de repolho com batatas que a mãe preparava no fogão a lenha, apesar de o pai ser sapateiro, uma profissão relativamente próspera na aldeia. Mas quem tinha dinheiro para comprar sapatos ali? Muitos andavam com os pés amarrados em sacos pretos. O homem vinha da América, onde havia rios de leite e mel; pelo menos foi o que lhes pareceu ao examinarem a camisa de linho branquíssimo, os sapatos lustrosos e as abotoaduras do homem, brilhantes como a lua. Rebeca e o velho casaram-se poucos dias depois, nos fundos da casa mais rica da aldeia, que também funcionava como sinagoga. No caminho para Buenos Aires, Rebeca descobriu que fora apenas mais uma tola; já tinha ouvido falar de tráfico de escravas brancas, mas não lhe ocorrera que isso pudesse acontecer com ela. As horas que ficara contemplando e alisando as meias de seda que ganhara do marido (enfim era uma senhora, uma verdadeira senhora!) a entorpeceram de tal modo que não tinha como voltar atrás. No navio, fora estuprada e espancada pelo suposto marido. Ao chegar, sem saber uma palavra de espanhol, instalaram-na numa casa de prostituição e depois a trouxeram para o Brasil como mercadoria já usada. Na sua carne branca e magra havia sempre algum hematoma. A princípio, mostrara-se desconfiada e indiferente. Tinha uma sensualidade sombria, tóxica.

Tóxica! Orquídea do despudor! Era mais ou menos o que diziam os versos de um poema que ouvira alguém ler numa das suas noitadas nos bares da Lapa, e que, em tempos de censura, ninguém se atrevia a publicar: "Pobres flores gonocócicas / Que à noite despetalais / As vossas pétalas tóxicas!" Aos poucos, Rebeca foi amolecendo e mostrando que não passava de uma menina prematuramente murcha, que se vestia, se maquiava e cuidava do quarto um pouco melancolicamente, como quem lembra dos tempos em que brincava de casinha ou de boneca.

E havia também as cafetinas, gordas polacas serenas, maternais hienas sempre prestes a chorar. A princípio, elas o convidavam a entrar com uma mesura discreta que não combinava com suas roupas vistosas. Depois descobriria que adotavam uma atitude diferente para cada tipo de cliente, que tinham a habilidade de conhecer quase instantaneamente. Com o tempo, também se tornara quase amigo daquelas mulheres espertas e trágicas, que lhe faziam confidências enquanto as lágrimas escorriam negras pelas flácidas bochechas. Logo depois, estavam berrando com as moças, recriminando-lhes alguma distração.

"Sois frágeis, desmilingüidas / Dálias cortadas ao pé / Corolas descoloridas / Enclausuradas sem fé"...

Mas Judite (como era bom falar esse nome!), Judite era diferente de todas elas. Parecia uma matriarca antiga, vinda do deserto; ou a filha sábia de um rei perdida nos trópicos. Cuidava dos filhos e do marido como uma mulher comum, mas quem sabia o que se escondia por trás daqueles olhos muito juntos? Quanto a ele, era um rapaz habituado a prostitutas, que tivera dois ou três flertes tão apaixonados quanto fugazes, e que dedicara alguns meses a uma moça de boa família, a quem ia dar as mãos uma vez por semana sob os olhos vigilantes de uma matrona gorda; e depois a deixara, formara-se, arrumara uma colocação medíocre ali em Além Paraíba, onde morava a sua tia, que todas as manhãs lhe repetia que era hora de constituir família... Sentiu um estremecimento (ou seria a brisa noturna?) ao pensar que em breve Judite estaria lendo os livros do Stefan Zweig, com suas mulheres cheias de tédio e desejo. E ela, sentiria também tédio?

Pára, atingido por uma suposição terrível, e ao mesmo tempo pela consciência do irremediável. Por Deus, como não tinha pensado nisto antes? E se ela entendesse aqueles livros como uma mensagem? Uma proposta? Mortificado, por um instante pensou em correr de volta para retomar seus livros, mas percebeu a tempo que isso seria ridículo. Era melhor se apegar a um fato, certo como a chegada do dia seguinte: logo estaria lá novamente para jogar xadrez com Salomão, e então poderia verificar por si mesmo o que Judite pensara.

5

Judite estava sentada obedientemente, lendo o livro que João Ramalho lhe emprestara. Uma mulher, entediada com o seu casamento feliz e burguês, se apaixonara e estava sendo chantageada, num relato transbordante de sensualidade e culpa. Com o pente, a filha repuxa-lhe os cabelos, torce-os, prende-os, inclina ligeiramente a cabeça para poder observá-los de uma distância artística.

— Mãe, não está ficando lindo o penteado?

Judite não se importa com os repuxos que lhe maltratam o couro cabeludo — enquanto Débora está entretida, pode ler à vontade. José também está feliz, porque a irmã, orgulhosa de lhe mostrar a grande cabeleireira que é, deixa que ele desarrume todos os grampos, empilhe os rolinhos ou martele a escova na própria cabeça. Agora parece que

Débora deu o toque final, mas para continuar lendo é preciso prolongar mais o penteado, então Judite sugere: "Alisa mais um pouquinho aqui, prende mais esses cachos." De repente, a menina se ergue furiosa bem no momento em que a personagem do livro vai tomar uma decisão: "Você quer mandar em tudo, né?", ela resmunga para a mãe. Sentindo a proximidade do perigo, Judite corre com a leitura para alcançar o ponto fundamental da narrativa, antes que isso não seja mais possível. Mas a personagem é cheia de hesitações, de palpitações que se prolongam, desmaios que nunca chegam, e Débora está dizendo, quase num grito: "A única coisa que eu sei é que quando eu crescer eu não quero ser cabeleireira."

Judite põe o livro de lado, solta um suspiro. Débora, a pequena autoritária. De onde tinha tirado aquele gênio? Possessiva, incansável, irritava-se todas as vezes que sentia que a mãe lhe escapava por entre os dedos. Judite considera por um momento o que deve fazer: explicar calmamente que dera apenas algumas sugestões, e que elas não significavam que não gostara do penteado? Dizer que, embora estivesse ali para ser penteada, estava lendo e portanto não podia dar toda a atenção a ela? Ou assumir um tom cortante de desagrado e deixá-la resmungando sozinha? Mas, antes que pudesse se decidir, Débora agarrou a escova, alguns rolinhos e grampos e foi fechar-se no quarto. Alheio, José continuou concentrado em enganchar um grampo no outro, e só quando percebeu que a pilha estava desfalcada viu que Débora não estava mais ali. Ela era a culpada, mas

Judite no país do futuro

a mãe estava séria demais para que ele se aventurasse a protestar (afinal, os grampos eram da irmã), e foi procurar Uri.

Que todos morressem, pensava Débora, enquanto acalentava furiosamente sua boneca preferida, uma gorducha de plástico, com cabelos louros desgrenhados e sem um braço. Morressem, repetiu, corajosa. Não dizia isso como nas conversas com a Mimi, sua amiga da escola, nas quais imaginavam o que fariam na cidade deserta, quando o principal é que poderiam se fartar com as balas da Bombonnière Baby e tomar todos os sorvetes Primavera que quisessem. Não, aquilo era coisa de criança. Estava falando de algo mais sério, mais fatal (tinha ouvido essa palavra recentemente).

Pegaria suas coisas — a boneca, o material de cabeleireira, algumas roupas e muitos biscoitos — e sumiria dali. Imaginou a mãe desesperada, torcendo as mãos e maldizendo-se a si mesma (naquela altura Judite tinha ressuscitado). No caminho, Débora encontraria uma mulher muito velha e muito pobre, com dificuldade de andar, a quem ajudaria, sem nenhum tipo de interesse. Podia ver essa mulher claramente na sua imaginação: tinha o rosto idêntico ao que vira na ilustração de um livro na casa da Mimi. Esse livro a impressionara muito; contava a história de duas crianças que haviam se perdido num bosque escuro e foram abrigadas por uma velhinha misteriosa numa casa simples, mas com camas quentes e limpas. As crianças agradeceram à pobre velha e adormeceram, ainda estremecidas pelo pressentimento de morcegos e poços profundos escondidos na treva. De manhã, a velhinha sumira. A mesa do café estava posta, e a estrada se abria diante deles inundada de luz. Quando chegaram em casa, escutaram o murmúrio de uma voz acima deles, e souberam então que a velhinha era na verdade Nossa Senhora. Débora não sabia direito quem era Nossa Senhora, e aliás achava aquele nome bem esquisito, mas em volta do seu rosto tornado belo e jovem se viam raios de sol. Pois era essa Nossa Senhora que ela encontraria na sua fuga.

Mas e o seu pai? Ele não tinha culpa do castigo que a mãe lhe dera injustamente (afinal, ela estava precisando de um lápis mesmo, não estava?) e também não fizera pouco dos seus serviços de cabeleireira. Não, o pai a encontraria no final daquela estrada de luz, levado pela mão de Nossa Senhora. Viria vestido com seu terno escuro, com o relógio de corrente pendurado no bolso. Aqui terminava a fantasia.

Estava ficando com fome. Saiu do quarto devagarinho, procurando não fazer barulho. Na sala, a mãe continuava lendo. Foi até a cozinha, pegou a lata de biscoitos. Tirou um punhado de rosquinhas e enrolou-as num guardanapo. Quando estava descendo do banquinho que arrastara para recolocar a lata no lugar, esbarrou em José.

— O que tem aí nesse guardanapo?
— Isso é coisa minha.
— Deixa eu dar uma molhadinha...
— É deixa eu dar uma *olhadinha*, seu burro.
— Eu não sou burro!

Judite no país do futuro

— Tá bom, tá bom. Eu peguei umas rosquinhas. Se você ficar quietinho eu te dou duas. Mas olha, você vai ter que comer o seu prato todo na janta, senão a mamãe vai desconfiar. Sabe como ela é.

José ficou acenando com a cabeça enquanto estendia a mão, radiante. Engoliu suas rosquinhas e foi para a sala, disfarçando que não tinha comido nada, enquanto Débora voltava para o quarto. Depois de algum tempo, Judite percebeu o olhar fixo do filho. A mulher do livro estava deixando-a exasperada; o que ela queria afinal? Tinha um marido bondoso e filhos cheios de saúde; se apaixonara por um rapaz, mas quase não falava desse amor; parecia que desejava apenas uma aventura que atiçasse a sua vaidade... Leviana, superficial, mimada era essa mulher. Cheia de subterfúgios, sempre conseguia escapar de ser punida — ou será que a angústia que ela sentia, agora que estava ameaçada de perder a vida tranqüila que tanto desprezara, era a sua verdadeira punição? Ao mesmo tempo, os temores e delícias que assaltavam a mulher do livro deixavam Judite perturbada; temia por ela, queria e não queria que a chantagista a denunciasse; e o olhar do filho era agora um bálsamo, uma pausa revigorante na narrativa que se precipitava rumo ao inevitável desfecho.

— O que foi, filho, quer dizer alguma coisa?

José enxuga os lábios com as costas das mãos. Depois, fica observando com pavor os farelos molhados que grudaram no dedão, e rapidamente o enfia na boca.

— O que você tem na mão? — pergunta a mãe.

Adriana Armony

— Eu não comi nada! — diz José, alto demais.
— Não estou dizendo que você comeu alguma coisa. Você comeu?
— Nããão... — geme.
— Quem foi que te deu?
— Eu não queria, ela me obrigou!
— Ah, a Débora, ela vai ver. E você bem que gostou, não é?

Judite estava furiosa. Débora vivia se empanturrando de biscoitos e nas refeições não comia bem. Não entendia como podia deixar alguma coisa no prato. Se soubesse como era terrível passar fome... Ela espalhava os grãos de arroz para que parecessem poucos, mas às vezes sobravam tantos que formavam um tapete branco sobre o prato. E agora também José... Sentindo vagamente que sua irritação era exagerada, foi até o quarto de Débora. Mimada, dissimulada, insuportável! Sempre dizendo "eu quero", sempre se lamentando: "você só liga pro Uri e pro José"... Agora via o óbvio: fora ela que pegara o lápis de Uri. Talvez o tivesse quebrado de propósito. Queria mandar na própria mãe, aniquilar tudo na sua própria vontade. Entrou no quarto determinada a pôr tudo em pratos limpos.

— Débora, você não sabe que não pode comer antes do jantar?
— Mas eu...
— Não minta! E ainda deu biscoito pro José.

Segurou o braço da filha e sacudiu-o com força.

— Eu... a gente estava com fome...

Judite no país do futuro

— Ah, você não sabe o que está falando! Você não sabe o que é fome, menina!

— Sei, sim, você acha que eu não sei de nada, mas eu sei de muitas coisas.

— Foi você que quebrou o lápis, não foi?

— Nããoo...

Fatias brancas de carne saltaram sob a pressão prolongada dos dedos de Judite. Soltou a mão e contemplou por um momento a tatuagem dos seus dedos impressa na filha, que de cabeça baixa coçou as marcas avermelhadas, numa carícia triste.

— Você não sai do quarto até eu mandar.

O olhar assustado de José a seguiu quando agarrou o livro e voltou a sentar-se para descobrir finalmente se a chantagista denunciaria a mulher.

6

João vinha pelo menos uma vez por semana para jogar xadrez e conversar. Ele e Salomão ficavam longos períodos diante da mesa de tampo de couro que formava o tabuleiro. Salomão se orgulhava muito dessa peça, que comprara numa das suas viagens a Belo Horizonte, feita por um conhecido artesão. As torres de madeira polida eram largas e sólidas, os cavalos de peito estufado traziam narinas fogosas; mas o que preferia mesmo era a rainha, com seu manto derramando-se em magníficas volutas de madeira. Enquanto jogavam, mal falavam; podiam-se ouvir as moscas rondando a mesa já posta para a janta. Até as crianças evitavam brigar ou falar alto perto deles: e enquanto Uri observava o jogo, antecipando as jogadas, José rolava uma bola ou empurrava um carrinho para lá e para cá, detendo-se de vez em quando para consultar os olhos do pai e saber se devia alegrar-se por ele estar ganhando ou não. Já Débora estava interessada em outras coisas: vistoriava a mesa para ver se tudo estava em ordem, comparava as roupas do visitante com as do pai, para ver quem era mais elegante (o pai sempre ganhava), fuzilava a mãe com os olhos fosse por causa de algum deslize, fosse porque estivesse tudo tão perfeito.

Eram dias especiais. Às vezes, vinham também dona Jacira e o marido, mais simpático do que nunca, ou alguma outra família conhecida. Mas em geral João vinha sozinho. Interrompiam a partida para o jantar e, quando terminavam o jogo, os homens esticavam as pernas e conversavam, atrás da cortina de fumaça do cachimbo que Salomão chupava com deleite.

— Não fuma? — perguntava invariavelmente a João.

— Obrigado, obrigado.

Judite ficava incomodada com aquela mania que João tinha de responder tudo duplicado: se não queria mais pão, dizia "está ótimo, está ótimo"; se gostava de um livro, "é maravilhoso, é maravilhoso" e assim por diante, num tom que misturava ansiedade e modéstia. Quando trouxera o álbum com o autógrafo do Stefan Zweig, sussurrara para Judite: "Não é incrível, não é incrível?" Não tivera coragem de perguntar o que ela achara dos livros emprestados, então procurou alguma pista sob a expressão séria que fitava o rabisco, situado abaixo de uma quadrinha em alemão, enquanto ele explicava: "Nem sempre ele coloca essa quadrinha, sabe? E olha que naquele dia ele estava

Judite no país do futuro

cheio de compromissos, reuniões com acadêmicos, aquela chatice, sabe como é." Judite tentou imaginar aquele homem tipicamente europeu nos trópicos e só conseguiu ver uma testa banhada de suor. "Devia estar um calor danado para ele", disse casualmente, estendendo de volta o álbum para João, que o pegou desconsolado.

À mesa, ela ficava de pé até que todos os pratos estivessem corretamente cheios: nenhum sem um legume ou uma verdura, o arroz e feijão em quantidade suficiente. Servia primeiro as visitas, reprimindo com o olhar a cobiça das crianças barulhentas que já seguravam os garfos e facas, prontas para atacar os melhores pratos: batatas fritas, galinhas suculentas de pele lustrosa, *varenikes* docemente acebolados, cuja receita Judite ensinara para Dorinha. João esticava uma mão em riste para dizer que já era o suficiente, mas Judite sempre arrumava uma maneira de colocar um pouco mais no prato dele. "Comam tudo, o que vocês deixam no prato poderia alimentar uma criança com fome." Aquilo irritava João; afinal, ele não era uma das suas crianças. Uma vez, deixou propositalmente muita comida no prato, e, enquanto o cadáver do frango ainda cheio de carne nos ossos jazia enrolado em farofa, conversava coisas de homem com Salomão, sem fitar Judite: as polacas no Rio de Janeiro eram muito jovens e risonhas, a vida noturna era movimentada... Amuada, sem poder reagir, Judite repreendeu Débora com excessiva rispidez por se balançar na cadeira: ela iria cair, a cadeira poderia quebrar, haveria um acidente sério.

— Mas eu nunca caí...
— Não responda a sua mãe! Quer ficar de castigo de novo?

No resto da noite, Judite hesitou em aceitar as pequenas gentilezas condescendentes que João lhe dispensava: "a senhora primeiro", "se não incomodar a senhora" e assim por diante. Na semana seguinte, arrependido, João fez questão de repetir duas vezes as incomparáveis iguarias judaicas que, triunfante, Judite servia.

Salomão animava-se, contava histórias. Em Israel, na década de 20, quase não tinha o que comer. Às sextas-feiras, quando a fome apertava, saía junto com os amigos à cata dos alimentos que as donas de casa preparavam para o Shabat e que deixavam num lugar fresco fora da casa, já que não havia geladeira. Eles pegavam a comida e deixavam no local um bilhete agradecendo a gentileza. Numa dessas sextas-feiras, um amigo seu entrou numa cozinha onde encontrou uma panela de *tcholent* pronta para ser levada ao forno da padaria e saiu com ela pela rua gritando: "Deixem-me passar, tenho que levar meu *tcholent* à padaria e já é tarde!" Aqui Salomão fazia um intervalo para explicar que *tcholent* era uma sopa reforçada que podia ficar longas horas no fogo baixo; que para os religiosos era um grande pecado fazer qualquer tipo de trabalho no Shabat, até mesmo cozinhar e acender o fogo; que o Shabat se iniciava na noite de sexta-feira, e que portanto o pessoal todo na rua se admirou de que ainda houvesse pioneiros religiosos... Uma outra vez, alguns pioneiros, com o aluguel

Judite no país do futuro

atrasado, se trancaram no quarto e não deixaram entrar o senhorio, que resolveu pular a janela. Os rapazes, segurando-o pelas pernas, começaram a gritar: "Ladrão!", e o homem ficou tão constrangido que lhes ofereceu dinheiro para que procurassem outra moradia. E mais uma: rapazes que precisavam de mobília para o quarto entraram num restaurante e levaram uma mesa e algumas cadeiras. Salomão ria: "E você acha que nos condenavam pelo que fazíamos? Que nada! Algumas donas de casa se acostumaram a fazer duas panelas para o Shabat, uma para a família, outra para os pioneiros, e deixavam um bilhete: 'É para vocês. Bom apetite!' Só os ortodoxos não gostavam de nós, porque passeávamos com as moças. Bom, apesar de tudo, aqueles eram tempos divertidos." João assentia, enquanto com o olhar periférico acompanhava Judite, que periodicamente se levantava, falava algo com a empregada ou com um dos filhos.

Falavam também da guerra. Na Europa, a situação era terrível. Hitler estava matando os judeus como se fossem moscas. O Brasil era uma ilha de tolerância, mas boa apenas para os que já estavam ali. Afinal, havia no mundo dois tipos de países: aqueles em que os judeus não podiam viver e aqueles em que não podiam entrar. Reunidos em volta do rádio, eles ouviam as notícias. No programa *Hora do Brasil*, Getúlio Vargas declarara o rompimento das relações diplomáticas do Brasil com os países do Eixo; um locutor relatava os avanços dos Aliados na África; falava de aviões, tanques, colunas motorizadas, submarinos. Será que finalmente a situação estava virando? Não era possível que Hitler vencesse! E cada um mastigava o seu bolo silencioso de comida, ruminando uma explicação para toda aquela desgraça.

Quando Salomão chegava mais tarde e Judite e João ficavam por alguns momentos a sós (tão sós quanto podiam com três crianças, agora de férias, e uma empregada), falavam de literatura. Ele mesmo tinha veleidades literárias, escrevia poemas e contos que nunca mostrava. Mas seu grande desejo era escrever um romance. Às vezes se irritava consigo mesmo porque sabia que era essencialmente um lírico: aquela moleza, aqueles devaneios não lhe pareciam compatíveis com o homem sério que pretendia ser desde que lhe morrera o pai, um vetusto e distante juiz sempre às voltas com uma papelada inextrincável. A tia o chamava de sonhador desde que, em pequeno, em frente a um prato de torradas, pensava menos na geléia do que nos estranhos padrões de luz e cor que o sol imprimia na toalha bordada: "Come, menino, está pensando na morte da bezerra?" — o que instantaneamente fazia saltar diante dos seus olhos a imagem de uma pobre bezerrinha agonizante no meio de um campo de cactos. Não, guardava-se para um grande romance cosmopolita, cheio de discussões apaixonadas, com idéias se entrechocando num quadro magnífico da vida contemporânea. Aliás, era assim que tolamente imaginava que fosse o tribunal antes de se dar conta de que se assemelhava mais a um formulário empoeirado do que a uma verdadeira arena de idéias.

Judite no país do futuro

E, no entanto, aquele desfazimento, aquela doçura eram um perigo sempre a espreitá-lo. O pior é que as mulheres por quem se apaixonava, quando não o lançavam num abismo de desânimo, excitavam-lhe os sentidos e as palavras, fazendo nascer estranhos poemas. Apesar de amar a poesia, era com um misto de orgulho e vergonha que acalentava esses poemas bastardos.

Na verdade, o seu contato com o meio literário era mínimo, exceto pelos amigos da Lapa, pelos colegas do pai que recitavam poemas do século passado e pelo fugaz encontro com Stefan Zweig. Assim, era algo artificial a sua segurança quando disse a Judite que o e*stablishment* literário brasileiro era muito provinciano, que ficara com vergonha quando vira o modo servil como o acompanhante do Stefan Zweig lhe segurava o cotovelo; que ninguém por aqui estava à altura dos gênios da literatura universal: Dostoiévski, Tolstoi, Balzac... "E Zweig seria um desses gênios?", perguntara Judite. João não sabia, mas pelo menos tocava nos grandes dramas e feridas da alma humana. De que adiantava apenas quebrar todas as regras, trocar a ordem de todas as palavras, quando nós mesmos não tínhamos nenhuma ordem, não tínhamos nenhum lugar certo ou o havíamos perdido irremediavelmente? João teve um sentimento desconfortável de traição — não, não era bem isso que queria dizer. Mas continuou: ultimamente muita gente escrevia sobre os sertanejos, sobre a miséria e a injustiça social, e, embora reconhecesse o quanto tudo aquilo era importante, ainda mais na época atual, e como escreviam bem... E aqui fazia uma pausa significativa: escreviam para mudar o mundo, quando o mais difícil era mudar a si mesmo. Ai de mim, pensou, continuava sendo um sonhador! Para que então ele escrevia?, perguntou Judite. "Escrevo para me vingar", respondeu com um sorriso enigmático. "Como assim?" "É que quando escrevemos nós mudamos, corrigimos, moldamos a realidade, uma realidade que em essência é amorfa, caótica, incontrolável. E então aproveitamos para acertar contas com as coisas, sejam pessoas ou idéias." Sempre achara aquela fórmula muito inteligente, mas agora tinha suas dúvidas. A palavra certa não era vingança; era mais parecido com brincar de Deus — embora, pensou, o Deus do Antigo Testamento fosse bastante vingativo... "Acho que Zweig também escreve para se vingar", surpreendeu-o Judite, pela primeira vez manifestando uma opinião sobre o conto que lera. Desesperada, a mulher chantageada estivera pronta a suicidar-se, mas no último momento tudo se revelara. O marido confessou ter armado toda aquela situação; contratara uma chantagista para ameaçar a mulher, de forma que ela se visse obrigada a confessar; mas, ao contrário dos seus cálculos, ela não agüentara o medo e a culpa. O marido enfim perdoou-a e ela pôde retomar sua vida burguesa. Mas, na opinião de Judite, ela era, e continuaria a ser, uma mulher vazia. Eis finalmente o que Judite achara. João estava louco para perguntar por que ela achava que a personagem era vazia; para ele, ao contrário, ela era cheia de desejos, de angústias, de conflitos morais... Em vez disso, perguntou: "Por que você diz que Zweig

Judite no país do futuro

escreve para se vingar? Para se vingar de quem?" "Para se vingar das mulheres", respondeu. Era óbvio que o escritor austríaco era igualzinho ao marido do conto: alto, elegante, com um nariz em gancho e uma bondade calculada.

"Não acho", ele disse, com o rosto tão perto que Judite pôde sentir-lhe o hálito levemente adocicado. "As mulheres de Zweig são trágicas, não se conformam com uma vida medíocre." "E são punidas por isso", rebateu Judite. "É verdade, mas só chegam a uma vida mais plena depois de terem amado e sofrido." Judite pareceu refletir por um momento e se decidiu: "Além do mais, não acho que essas mulheres sofram realmente. Na verdade, nem mesmo acho que amem." Judite tinha consciência da autoridade que o sofrimento lhe dava, mas alguma coisa dentro de si suspeitava vagamente que não era Zweig, mas ela mesma, que estava se vingando da mulher.

E havia outras mulheres, cujos fantasmas os cercavam quando, sorvendo o café cuidadosamente para não queimarem a língua, conversavam aos sussurros junto à poltrona da sala. João lhe contava sobre as polacas que tinham caído na prostituição, e Judite nunca cessava de se espantar que aquilo pudesse ter acontecido com moças judias. Ficava furiosa com os velhotes perfumados que seqüestravam as meninas nos *shtetls*, sofria as ilusões de Rebeca (como pôde ser tão boba?), imaginava com terror o que as famílias das moças sentiriam se soubessem a verdade nua. Queria saber como elas conseguiam se deitar com tantos homens desconhecidos, mas o que conseguia perguntar era: "E como elas vivem ali?" João lhe respondia que elas tinham que trabalhar para sobreviver, e de resto cozinhavam, arrumavam a casa, escreviam cartas contando um mundo dourado para os pais e irmãos, perdidos numa terra enlameada e longínqua. E tinham até conseguido se unir e comprar um pedaço de terra onde fizeram um pequeno cemitério, já que eram apegadas às tradições mas não tinham onde ser enterradas.

Havia ali algo que não diziam, algo que contornavam cuidadosamente e só os deixava respirar quando finalmente Salomão chegava, com seus passos firmes e sorriso franco: "Ah, já estão todos aqui?" Então a conversa mudava de rumo. João pedia que Salomão lhe contasse as histórias de Israel. Dizia: "Vocês representam a terra do passado, nós a do futuro", ou: "Temos no Brasil a matéria bruta, a selvageria de uma terra que precisa ser domada, uma energia vital adoçada por alguma coisa de flexível e de suave." Salomão ao mesmo tempo admirava e achava graça naquelas palavras (a verdade é que João lera algo semelhante em algum lugar). Exclamava: "É o nosso poeta!" E puxava a cadeira para jogarem xadrez.

Não podia deixar de admitir: quando João chegava, seu coração queria pular pela boca. Se, ao se aproximar da mesa de xadrez, notava o seu olhar concentrado, indicando que no labirinto do pensamento procurava uma forma de escapar da derrota inevitável — Salomão jogava muito melhor do que ele —, a piedade a levava a multiplicar suas

Judite no país do futuro

atenções para com todos: trazia um copo d'água para o filho, se dobrava a uma vontade da filha, pegava José no colo, de modo que nada perturbasse o silêncio indispensável. E se, ao se erguer de frente do tabuleiro, o braço de João esbarrava casualmente nas suas costas ou no seu ombro, o ponto que fora tocado parecia formigar, como se o seu corpo se reduzisse a ele.

Cada frase que diziam era uma moeda que trazia na face da coroa outro significado. Ele lhe emprestou sua tradução de *Ana Karenina* e João sentiu que Judite fraquejava. Estava nitidamente impressionada com a força apaixonada de Ana. Era terrível: deixara o marido e o filho pequeno para viver com o sedutor Conde Vrómski — mas como sofria! Conversavam sobre as convenções sociais, os motivos de Ana, os seus deveres. Às vezes, no calor de uma discussão, ele pegava na sua mão, suplicando que considerasse algum argumento. A respiração de Judite se acelerava tanto que ela sentia que a qualquer momento perderia o ar. Um dia, inesperadamente, ele perguntou: "Você acha que alguém tem direito de matar por amor?" "Claro que não!", gritou Judite, retirando a mão. "E se fosse a única saída?" "A única saída?" repetiu Judite mecanicamente. "Se dois apaixonados só pudessem ficar juntos se o marido morresse?" "Você não pode estar falando sério." Ele recuou: "Tem razão, foi só um exercício teórico. No Direito, o assassinato por amor ou sob forte comoção é uma atenuante." Mas eles estavam constrangidos, e Judite foi para a cozinha preparar alguma coisa até que Salomão chegasse do armazém.

Adriana Armony

Seu sono que, desde que se estabelecera no Brasil, era profundo e sem sonhos — mais de uma vez se perguntara se isso ocorria porque o que estava vivendo já era um sonho, uma estranha sucessão de sons, cores e cheiros incongruentes —, seu sono tornara-se agitado, entrecortado de imagens assustadoras e dúbios pressentimentos. Nos cacos dos seus sonhos, reconhecia pessoas e objetos que passavam de um extremo a outro em uma fração de segundo: um anel que achava na rua se transformava em ave de rapina, paria um bebê encantador que de repente devorava suas mãos, era levada por sua mãe a um labirinto em cujo centro a aguardava um homem enorme e mudo como um Golem. Num desses sonhos, se viu em Jerusalém, junto aos corpos dos queimados de Motza, abraçada a um homem de costas largas. Quando finalmente viu o rosto dele, ficou aterrorizada: indiscutivelmente era um árabe. Começou a correr, mas não conseguiu sair do lugar; a chuva caía nas suas costas, mas não a refrescava; cada pingo era uma pequena mão incandescente. O calor era sufocante, ela tentava gritar e não conseguia, até que se sentiu cair na cama, ensopada de suor. Em outro sonho, aparecia invisível entre as polacas e via João atracado a uma delas, mordendo a carne branca do pescoço, agarrando os cabelos ruivos. Queria fechar os olhos, mas não conseguia. E depois tudo se misturava, a boca de João com a orelha da polaca, os lábios da polaca com os seus próprios ombros, seus seios colados à boca de João, todo sacudido por um riso que parecia vir de fora dele.

Judite no país do futuro

Aquilo tudo a apavorava e confundia, sobretudo porque não deixara de gostar do marido. Se às vezes ele lhe parecia algo ossudo, desengonçado ou quieto demais, aquela estranheza a comovia. Tinha então vontade de dizer alguma coisa, mas o quê? Outras vezes sentia uma repugnância, uma raiva difusa da sua presença sólida e inevitável, mas mesmo isso os aproximava. Os dias eram calmos: ele ia para o trabalho, falava-lhe sobre as mercadorias — como atrasavam, as diferenças de qualidade. Contava como eram os clientes, e em tudo salpicava o seu olhar benigno, só às vezes levemente irônico. Quando o movimento era grande, ela o ajudava na loja.

Um dia, olhou para a mão esquerda dele e se surpreendeu: era larga, forte, e tinha exatamente o tamanho do seu seio.

Sem querer, lhe vinha de repente: quando ele pegava um garfo, segurava o ombro da filha, ou quando enchia o cachimbo, ela pensava naquela mão pegando no seu seio, como a concha de um caramujo. Desde o nascimento de José, pouco tinham se tocado; quando Salomão a procurava, eles se amavam rapidamente no escuro, mas mesmo isso era cada vez mais raro. Ela se entregava às vezes com abandono, às vezes com esforço, muitas vezes com cansaço. Lembrou-se das palavras bíblicas: então Abraão conheceu Sara, Jacó conheceu Raquel. Quando era pequena não entendia o que aquilo significava, e a verdade é que continuava não entendendo. Parecia-lhe que era justamente o contrário: na cama, as pessoas se desconheciam. E agora aquela imagem que a perseguia.

Adriana Armony

A mão de João era mais fina e leve: mãos de quem nunca precisara trabalhar com elas. Só conseguia imaginá-las dedilhando um piano, devagar, delicadamente, como quem faz cócegas... e então pegava o livro do Stefan Zweig e o lia ansiosamente, e agora era uma história opressiva, de um lugar abafado, de uma chuva que não chega, de suspiros exalados pela terra seca e sedenta... Levantava, tomava um copo d'água, e, ela também, esperava.

7

Dois corpos enlaçados, pálidos e rígidos. Ele compôs-se solenemente para a morte: calça marrom-escura, camisa marrom-clara, gravata preta. Deitada de lado, envolta num penhoar estampado com ramagens, ela encosta-se no seu ombro, segura carinhosamente as mãos entrelaçadas. Suicídio, não havia dúvida. Mas seria possível?

No caminho para a casa de Judite, João costumava comprar os jornais vespertinos, que lia enquanto esperava Salomão chegar. Ultimamente longos períodos de silêncio pesavam entre ele e Judite, e o jornal fornecia uma proteção íntima e reconfortante para os dois. João relê as manchetes daquela terça-feira, 24 de fevereiro: dois navios nacionais foram bombardeados por submarinos alemães; Stefan Zweig, o escritor de *Brasil, país do futuro*, matou-se, com sua esposa Lotte, em Petrópolis, onde será realizado o sepultamento. O nazi-fascismo estava fazendo suas primeiras vítimas no Brasil; mais cedo ou mais tarde, a declaração de guerra seria inevitável.

Apesar de tudo, era difícil entender. Um escritor de sucesso, que conseguira escapar das garras do nazismo, tinha o direito de se matar? Por que ele se suicidara? Por que arrastara a mulher com ele? Era aquilo o verdadeiro amor? "Parece que ele morreu antes dela... foi necessário forçar aquele corpinho para colocá-lo no ataúde... O rosto da mulher estava deformado" — foram as palavras da poeta Gabriela Mistral, que um repórter registrara. E havia detalhes que impressionavam. A mobília era quase indigente: duas camas de solteiro, encostadas uma na outra; dois criados-mudos com abajures baratos, um pão mordiscado, uma caixa de fósforos vazia, uma garrafa de água mineral.

Uma vez ouvira que é bela a morte voluntária. Que a vida escolhem por nós, mas a morte somos nós que escolhemos. Em *Os irmãos Karamazov*, Kirílov se mata para competir com Deus. Quem era capaz de se matar se igualava a Ele. Lembrou dos versos de Manuel Bandeira: "Muitas palmeiras se suicidaram porque não viviam num píncaro azulado." João não queria morrer. Ah, se fosse um escritor famoso, se tivesse uma mulher que o amasse... ou se as mulheres o cercassem de mimos, disputassem o seu autógrafo (havia tantas mulheres bonitas), soltassem suas risadinhas

Judite no país do futuro

excitadas, então seria feliz? Estava sendo fútil, pensou envergonhado, mas não podia evitar que o grito se erguesse dentro dele: estava vivo! E, para apaziguar sua excitação, forçou-se a pensar nos corpos amarelos e gelados. Iria até Petrópolis. Quem sabe se voltaria? Prestaria a última homenagem a Zweig, e depois iria para o Rio. Estava perdendo tempo ali, na barra da saia de uma mulher casada. Coisas graves aconteciam, histórias de amor e morte. Era por acaso um adolescente? Apalpou o bolso, retirou uma folha amarrotada. Há dias levava aquele poema que escrevera pensando em Judite. Escrevera-o como que possuído, depois de ler o Cântico dos Cânticos, e não tinha sequer coragem de relê-lo, quanto mais de mostrá-lo a Judite. Como ia partir, já podia fazê-lo. Mas era impossível que ela o lesse na sua presença, de modo que era preciso rabiscar algumas palavras com algumas instruções. "Instruções técnicas para ser cortejada sem se sujar", pensou, com raiva. Mas também ele não era um covarde? Temia ou admirava Salomão, o justo? Ou será que era dela que tinha medo?

Ali estava um restaurante que costumava freqüentar. Certamente poderia sentar-se por alguns instantes e escrever, enquanto bebericava alguma coisa. Pegou um guardanapo. "Judite, deixo-te este poema como doce lembrança dos nossos dias." Era ridículo aquele tom nostálgico. Riscou tudo, escreveu: "Por favor, leia, mas não ria de mim." Aquela ambigüidade era servil demais. Seria melhor fingir um interesse puramente literário: "Espero que goste deste poema." Numa súbita inspiração, acrescentou, ressentido: "Junto com Zweig, alguma coisa também morreu entre nós." Meu Deus, nada tinha acontecido entre eles! Certamente, devia ser tudo uma fantasia... Rabiscou a última frase e escreveu diretamente no verso do envelope onde enfiara o poema: "Sigo hoje para a casa de parentes em Petrópolis e deixo-lhe este poema como lembrança e tributo ao nosso amor pela Literatura." Nenhuma acusação, uma ambigüidade viril: o tom estava correto. E, embora fosse improvável que Judite fosse procurá-lo, lá estava a indicação do local onde ele poderia ser encontrado. Se ela quisesse, não seria difícil descobrir onde ficava a casa dos Ramalho, bastante conhecidos na cidade.

João bate na porta, ela atende. Percebe imediatamente que houve algo extraordinário. Ele não deixa espaço para dúvidas.

— Stefan Zweig se matou!

— O que você está dizendo! — Judite, com a mão diante da boca.

— Ele e a mulher fizeram um pacto de morte. Ingeriram veneno e morreram abraçados. Vão ser enterrados amanhã em Petrópolis.

— Mas por quê?

"Ele não tinha o direito", Judite está pensando. "Tantos queriam viver e morreram." E depois: "Só os mortos não morrerão."

Judite no país do futuro

— Ninguém sabe.
— Todos aqueles homens e mulheres torturados, veraneando solitários naqueles hotéis... Talvez ele fosse assim. Mesmo não sendo pego pelos nazistas, mesmo morando aqui no Brasil, continuou sofrendo.
— Lá em Petrópolis ele podia continuar escrevendo, podia esperar a paz... Mas até aqui no Brasil!
— Todo aquele mundo abafado... Ele não podia suportar o calor. A gente vê isso nos livros dele.
— Esqueci de dizer: mais dois navios brasileiros foram torpedeados.
— Ah, meu Deus, a guerra está chegando perto de nós! Será que agora finalmente o governo vai ficar contra os alemães? Salomão precisa saber disso.
— Já deve saber, as notícias já devem ter chegado ao armazém. — Faz uma pausa, olha sério para Judite. — Escuta — ele nunca tinha falado nesse tom com ela —, você muitas vezes me criticou porque nunca mostrei nada que tinha escrito. Dessa vez eu trouxe um poema, mas, por favor, só você pode ler. — Ele lhe estende um envelope onde se pode ler algo escrito numa letra miúda e vai recuando até a porta. O seu rosto parece emitir uma luz estranha.
— Não vai esperar Salomão?
— Não, hoje não. Estou com pressa.

Quando a porta se fecha, Judite percorre com o olhar o dorso do envelope: "Sigo hoje para a casa de parentes em Petrópolis e deixo-lhe este poema como lembrança e tributo ao nosso amor pela Literatura." Rasga o envelope e lê, de pé, aproveitando que Salomão não chegou e as crianças estão com Dorinha:

CÂNTICOS

I

*E tomarei tua boca por sobre a minha, e o céu
estará quieto.
Uma folha terá se apressado
e dois homens
olharão para o céu.
Um muro terá se calado por sobre
a terra, a terra já velha
como dois olhos amarelecidos.
Os teus olhos são como uma casa
onde sou hóspede;
nela durmo à noite como sobre
uma porta.
A tua mão esquerda se pôs já
debaixo da minha cabeça, e a tua
mão direita me abraçará depois.*

II

*E vigiarei a doçura do teu ósculo.
Quem mais, quando o descanso chegar,*

Judite no país do futuro

fará felizes teus dois pés?
A tua garganta mata de sede
aquele que a vê,
tina alcatifada de flores.

III

Aquele que espera com os dentes
e pensa com os cabelos
e toma o licor com os pés
se aninhou nos meus dois peitos —
como entre duas torres
queda o cavalo distraído.
As ameixeiras ofereceram suas flores
e a hora de deitar aproximou de mim o teu cheiro.

IV

Um homem no deserto é
como um pássaro na neve:
ambos perderam os olhos.

V

E disse,
Não habites o tronco das árvores,
deixa a mão quente entortar teus
pensamentos em orvalho,
e teus filhos despertarão pendendo de ti

*como uma bagagem
que deitas ao lado da cama
sobre as ervas.*

VI

*E disse,
Deves perder o sono para que ganhes
a fruta ácida —
para que sorvas o mar
cale-te inteiro o corpo:
pois as mãos se fecundam apenas
na terra longínqua.*

VII

*Na mão onde cresceram-te pêlos
cresceu minha boca como num pântano.
A tua mão esquerda se pôs já
debaixo da minha cabeça, e a tua
mão direita me abraçará depois.*

As folhas tremem na mão de Judite quando Salomão entra. Ele percebe:
— Judite, o que aconteceu?
Ela responde mecanicamente:
— Dois navios brasileiros foram bombardeados. E o Stefan Zweig se matou!

Judite no país do futuro

Ele a abraça, e o calor do corpo dele lhe faz bem. Fecha os olhos, mas o que vê é o rosto radiante de João Ramalho, tal como o acabara de ver, antes de partir. Lembrou-se da frase do Rabi Nachman: "Cada homem leva consigo, na claridade do seu rosto, o contorno do seu próprio paraíso."

8

As horas passam, parecem todas iguais. Uri e Débora vão para a escola, deixando a casa livre para a exploração de José. Salomão vai e volta do armazém, infatigável: em época de volta às aulas, o trabalho dobra, produzindo uma feroz objetividade de dia e um doce cansaço à noite. Com toda a correria e aborrecimentos, ele continua o mesmo homem sólido e sereno. De vez em quando, lança a Judite um olhar preocupado, o que produz nela uma irritação muda.

Ela sente o corpo pegajoso e inerte. O verão nunca esteve tão quente. No final da tarde, bichinhos de luz giram em volta da luz fraca da sala, enlouquecidos pelo calor. Com a noite, as asas aparecem por todo lado: em cima da mesa, sobre o pão coberto com um paninho rendado, nas gavetas da cozinha, nas dobras do joelho das crianças, no ralo do banheiro.

Desgosto. Em tudo se metem larvas, vermes, insetos, roendo, esfuracando, corrompendo sementes, frutas, madeira, papel, carne, músculos, vasos linfáticos, intestinos, o branco do olho, os dedos dos pés, tudo à mercê de inimigos terríveis.

Há um mundo de coisas a fazer, mas Judite pega um livro do Stefan Zweig e recomeça pela terceira vez a ler um estranho conto, intitulado *Amok*. Não sabe por que, não consegue prosseguir na leitura. Se trocasse a última letra, o título seria Amor, mas é claro que aquilo era casual, afinal o livro fora escrito originalmente em alemão, e amor era *"Liebe"* ou algo parecido, como podia deduzir do iídiche.

A história se arrasta, interminável como aquele dia: um homem está num navio, acometido do mal-estar peculiar aos personagens de Zweig; Judite podia jurar que era assim que o autor costumava se sentir. O ar é orduroso, pesado, estagnante; sua cabine é um esquife; o zumbido do ventilador é desagradavelmente onipresente; ele vagueia sozinho no meio da multidão. Finalmente encontra alguém: uma tosse seca, um par de óculos, a chispa de um cachimbo, e aparece outro homem, que penosamente, angustiadamente, lhe fará o seu relato. É um médico que estivera perdido nos trópicos, cuidando de indígenas — é como chama os nativos daquelas florestas úmidas e exuberantes, em algum lugar da Ásia... Pelas páginas passam mudos criados amarelos, de olhar baixo e devoção cega.

Judite no país do futuro

Irritada, impaciente, folheia o livro até encontrar a explicação para o título: "amok" é uma espécie de delírio, de loucura, uma crise de raiva sanguinária que de repente acomete o malaio, esse ser apático, inocente e cheio de doçura, e o atira à rua, com um punhal na mão e a morte nos olhos. Mas antes disso ele se arrasta, sufoca.

"(...) nessa terra sufocante, lá longe, onde a vista do viajante não alcança, a força falta depressa; a febre devora o corpo; qualquer um se torna indolente e preguiçoso, uma galinha-molhada, um verdadeiro molusco" — diz o narrador, algumas páginas atrás. Será que era assim que se sentia Zweig no Brasil?

"Um europeu é, de qualquer sorte, arrancado de seu ser quando, vindo das grandes cidades, chega a uma destas malditas estações perdidas nos charcos; cedo ou tarde, cada um recebe o golpe fatal — uns bebem, outros fumam ópio, outros não pensam senão em martirizar e tornam-se brutos; de toda maneira, cada qual contrai a sua loucura."

De vez em quando, José passa perto da mãe, finge que ela é um monstro. Felizmente não é preciso mais do que um urro rouco ou um esgar assustador para satisfazer o filho, e assim ela não precisa interromper a leitura no momento em que o médico vê entrar em seu consultório uma inglesa magnífica e glacial. Com palavras veladas, ela dá a entender o seu drama: está grávida de dois meses do jovem amante, e, como o marido está viajando há mais de quatro meses, não pode ter o filho. O orgulho dessa mulher enfurece o médico, que se põe a humilhar a desesperada mas altiva senhora.

A campainha toca. José observa, excitado, a porta se abrir, esperando uma grande surpresa, talvez seu pai chegando mais cedo, talvez um saci (Dorinha lhe contara histórias do garoto de carapuça vermelha, preto como a noite, pulando numa perna só). Mas é só dona Jacira, que entra para "bater um papinho" e aproveita para acariciar os cabelos dele de uma forma irritante.

— Que calor, não é?

— É mesmo, está horrivelmente abafado.

Dona Jacira nunca lhe parecera tão tranqüila. Gotas de suor brilham como pérolas sobre o seu buço. O coração batendo forte, Judite faz a pergunta em tom casual:

— E o seu sobrinho, se demora no Rio de Janeiro?

— Ah, aquele ali é jovem e gosta de um rabo-de-saia.

Judite sente-se subitamente fraca. Encosta no sofá, pergunta com voz sumida:

— Aceita um café?

— Não, obrigada, acabei de tomar.

Dona Jacira fala da quermesse que está organizando. Embora fossem judeus, achava que podia contar com eles. Conhecia seus hábitos de caridade, admirava-os mesmo.

Só não fala do próprio marido. Aparentemente, a conversa que Salomão tivera com ele surtira efeito. Não que ele tivesse deixado a rapariga, mas pelo menos o dinheiro voltara a abastecer a casa, além de suas fugas terem se reduzido a pontuais duas vezes por semana. Judite sente todo o tédio da conversa daquela boa mulher e anseia voltar para o seu livro. Tenta mostrar-se interessada na quermesse; a caridade

Judite no país do futuro

dos judeus era notória, todos sabiam que estavam sempre dispostos a dar um prato de comida para qualquer maltrapilho, por mais sujo que fosse, que lhes batesse à porta... Judite, modesta e didaticamente, diz que esse é um mandamento entre os judeus, que é impossível negar comida a um faminto, e no mesmo momento se lembra de uma mendiga coxa e meio louca de Tzfat, que vagava sozinha pelas ruas, os ralos cabelos ruivos escapando como labaredas de uma touca imunda, e que dizia ser descendente da rainha de Sabá. A cada dia, ela comia numa casa diferente; confiavam-lhe pequenos serviços, como pegar lenha ou colher flores, que, sorrindo apalermada, trazia todas amassadas nos dedos curtos. Dona Jacira está falando das barracas, dos quitutes, da proximidade da Páscoa, e Judite se assusta ao pensar que já é quase Pessach. Precisava tomar as providências, encomendar o que fosse necessário... Ao mesmo tempo que pensa isso, a invade uma enorme lassidão, um aniquilamento, acompanhado de uma vaga irritação contra os bichinhos de luz que já estão chegando e volteiam em torno dela e de dona Jacira, que finalmente se despede, deixando o caminho livre para que ela volte a mergulhar na leitura.

Em vez disso, apaga a luz da sala e acende a de um abajur lateral, e, quando os bichinhos se aproximam, atraídos pelo doce calor da lâmpada, ela tira de um pé o chinelo acolchoado e golpeia para todos os lados. Bichos malditos, nojentos! José começa a chorar, não se sabe se por medo da sombra que desceu sobre a casa ou da mãe, que mudamente recolhe os pequenos corpos viscosos e joga-os no lixo.

9

E então aconteceu. Um dia João voltou. Salomão chegou com a notícia na hora do almoço: "Parece que o nosso amigo se cansou das noitadas cariocas." Judite estava com a colher na mão, fazendo aviãozinho para que José liquidasse as últimas porções de uma massa de arroz, feijão e legumes, e parou a colherinha no meio do vôo para perguntar o que já sabia: "Que amigo?" "Nosso poeta enxadrista", respondeu Salomão, casualmente. De boca aberta, José faz um "Mmm" impaciente e Judite enfia a comida no aeroporto sem a coreografia e a sonoplastia habituais. Tenta ordenar seus pensamentos: será que ele vai ficar ou está só de passagem? Irá visitá-los? Já se esquecera dela? Sente um calafrio. As crianças se levantaram para brincar antes de terminarem a comida mas Judite não vê mais nada.

— Escuta, Salomão, acho que você deve mesmo ir até a casa do seu Joaquim cobrar dele. — Quando chegara do armazém, o marido contara que a conta do homem estava pendurada há quase seis meses, que esse dinheiro estava fazendo falta, e ela só está respondendo agora, como se aquele pensamento tivesse trabalhado no seu cérebro por todo o almoço. — Você sai assim que acabar a sobremesa, a essa hora ele deve estar em casa. Ouvi dizer que ele sempre acorda depois do meio-dia, por causa da ressaca.

Salomão concorda. Limpa os lábios finos com um guardanapo, mostrando as mãos largas, cheias de tendões, mãos que poderiam envolver os seios de Judite como a passarinhos trêmulos. Puxa as calças para cima, aperta o cinto e distribui beijos, rápidos como pontos finais, na testa dela e das crianças.

Ao fechar a porta, Judite sente uma onda de euforia correndo dentro dela. O que pretendera com aquilo? Muitas vezes o marido lhe contara que não lhe pagavam e ela sempre ouvira suas queixas com uma solidária distância. A verdade é que agora a acossa uma necessidade urgente de ficar sozinha.

Sente-se diabólica, mas diz a si mesma que não está fazendo nada errado. Só precisa sair um pouco, tomar um pouco de ar. José está gritando "É meu!". Alguém corre rindo e bate a porta do quarto. Com certeza, logo gritarão "Mããe!". Precisa estar alheia a tudo aquilo. "Dorinha, olhe as crianças, preciso sair." Ajeita o cabelo no espelho do banheiro, pega a bolsa e sai.

Judite no país do futuro

Lá fora o ar é uma mão quente espalmada no seu rosto. Os pés a levam para a área comercial da cidade. As ruas estão cheias de gente. Homens jovens levam caixas com abacaxis perfumados, um gordo em mangas de camisa empurra um carrinho repleto de materiais de construção. Em frente às portas das lojas de roupas, conversam duas vendedoras que acabaram de chegar do almoço. Normalmente, aquele é um tempo morto, quando podem se recostar e desfiar suas felicidades ou amarguras. À sua passagem, parecem avaliá-la. Judite não costuma comprar naquelas lojas, tem uma costureira a quem encomenda a sua roupa e a das crianças. Quanto a Salomão, freqüenta o velho alfaiate judeu amaldiçoado pela enteada. Entra na loja que expõe na vitrine as etiquetas maiores, com os preços escritos com pilot preto. Uma das duas vendedoras a atende com um sorriso vago: "Posso ajudar?" Judite lamenta decepcioná-la e sem a fitar responde: "Obrigada, por enquanto estou só olhando." Percorre o estreito corredor da loja, mas por que esconder? Sim, estava procurando alguma coisa. Um vestido fresco, de verão, talvez com flores. A vendedora arranca dos cabides uma peça estampada com palmeiras gigantes que segura no colo como se fosse um corpo desfalecido. Judite tem vergonha de recusar e carrega o vestido para a minúscula cabine, situada num canto da loja colada ao estoque, de onde vem um cheiro de poeira e mofo. Corre a cortina, presa por argolas de madeira num arame retorcido, e com os braços encolhidos para não levantar a cortina consegue a custo desvencilhar-se da camisa branca e da saia reta. Quando coloca o vestido, já o faz com maior habilidade. Afasta-se o quanto pode para olhar no espelho: a cintura alta a faz lembrar um palhaço que vira uma vez no circo; as enormes palmeiras parecem lhe agarrar os seios, esmagados sob o tecido desconfortável, de um brilho sintético. "Que tal?", estava dizendo a vendedora, empolgada. "Não ficou lindo?", diz, abrindo violentamente a cortina. A outra vendedora balança a cabeça com ar de aprovação. Sentindo-se no centro de um palco, Judite vira o corpo para olhar os detalhes do vestido como se estivesse realmente interessada. "É bonito, mas queria algo mais leve." "Mais jovem, talvez", diz a vendedora, e Judite não sabe dizer se o seu sorriso é de compreensão ou zombaria. Ela lhe estende um vestido um pouco decotado demais e outro do tipo cigana, que lembra uma roupa de Carmen Miranda. Judite veste um e outro, mas sente-se sempre fantasiada. Enrolando os vestidos e entregando-os, diz rápido: "Vou pensar mais um pouco." E se atira na direção da porta.

A luz do dia a surpreende com o seu impiedoso fulgor. Percorre as outras lojas, e ou acha os preços altos demais, ou vê defeito em todos os vestidos. Chega a entrar em duas ou três lojas, mas logo desiste. Na praça em frente, há um banco convidativo, ao pé do qual alguns pombos se reúnem, catando alguma coisa no chão. Judite senta e fecha os olhos. O calor do sol, já um pouco enfraquecido, se espalha no seu rosto. Que mal havia em comprar um vestido bom e baratinho? Mas não estranhariam se de repente chegasse com um vestido novo?

Judite no país do futuro

Sobressalta-se: seria o vestido vulgar? Quem sabe João teria visto um daqueles vestidos no corpo quente e redondo de uma polaca? O que ele acharia dela depois de tantas mulheres em Petrópolis e no Rio de Janeiro? Levanta-se, parece ter tomado uma decisão. Volta à primeira loja, compra o vestido decotado. Sai vestida com ele; estava calor demais, passara numa loja e resolvera levar uma roupa mais fresca, que mal havia naquilo? Segura da sua decisão, percebe agora que a casa de dona Jacira está próxima. Deveria entrar? João podia estar lá. Queria encontrá-lo e não encontrá-lo com a mesma intensidade. A filha da amiga está debruçada no portão e a reconhece: "Dona Judite!" Dona Jacira aparece, abre um sorriso: "E então, pensou na minha quermesse? Vai participar?" Judite se deixa conduzir como uma sonâmbula. "Você está diferente, que roupa é essa?" Inconscientemente, puxa o decote para o alto. "Estava muito calor lá fora e..." "Bom, vamos tomar um café, a Dorinha está com as crianças, não é?" "Mas não posso demorar." Judite repara numa mala preta quadrada, de fechos prateados. "Ah, é João que chegou hoje! Mas venha, venha ver no quarto o que já tenho preparado."

Ela vai, maquinalmente. Pega e revira as peças que dona Jacira lhe estende: bolsas, caixinhas, imagens de santinhos. Pela janela, a noite se aproxima. O calor ainda paira sobre os objetos com sua mão quente, mas um vento fraco já agita as cortinas. João não chega. João pode chegar a qualquer momento. Ela levanta, está na hora, que a desculpem. Escapa, esgueirando-se pela porta do quarto, e depois da sala. Sob o vestido leve, sente um princípio de frio. O pôr-do-sol se aproxima com línguas de fogo. Ao olhar para cima, Judite vê que o céu ainda está claro, mas à sua volta as sombras, como se brotassem da terra, começam a borrar tudo. Em breve não distinguirá mais uma pedra de um brinquedo perdido, um tronco de árvore de um tronco de homem. O que dirá se ele aparecer de súbito na sua frente? Não fará nada, a não ser ficar parada na frente dele, engolida pelo seu novo vestido. E depois, esperar... o quê? É claro que sabia; e isso a fazia sentir-se banal como uma mulher de Stefan Zweig. Não, nada daquilo aconteceria, a cabeça pensou, mas o corpo não respondeu. Algo estala sob seus pés, desprendendo um cheiro doce e enjoativo. Precisa chegar em casa urgentemente.

Ao virar a esquina, o vê. Está ainda mais bonito, com o rosto mais corado e anguloso, como se tivessem se passado não meses, mas anos. O olhar que ele lhe lança tem ainda uma timidez de menino, ao mesmo tempo que uma outra coisa, que só vira em João quando ele esperava que ela lhe enchesse o prato com alguma comida deliciosa. Ele deixa a roda de amigos e caminha em direção a ela, olhando insistentemente o seu vestido. Instintivamente, ela recua, mas antes que possa reagir ele a segura pelos braços, "Você está diferente!", "Diferente como?" Ele a abraça com uma força desajeitada, ah, ele sim era o mesmo, sente o perfume doce do seu pescoço, a escuridão dos seus cabelos, "Não, não estou diferente", e, perdida, foge para casa.

Judite no país do futuro

Entra, as crianças correm para os seus braços. Salomão ainda não voltara. O tempo se escoa sem que Judite perceba o que está fazendo: sem lembrar de trocar o vestido, anda de um lado para o outro da casa, entra na cozinha, abre uma panela e torna a fechá-la, aspira o ar fresco do jardim. Salomão está demorando a chegar. "Dorinha, pode pôr o jantar, ele deve estar chegando." O vento entra pela janela, vindo não se sabe de onde. Judite estremece e pega o livro para disfarçar o nervosismo que começa a invadi-la. Alguma coisa deve ter acontecido. "Enquanto estamos jantando, Dorinha, você vai até o armazém saber o que houve."

Não sabia quanto tempo ficara contemplando aquele lencinho branco, com um patinho bordado no canto. Muito tempo depois, era esta a sua lembrança mais nítida: o tecido fino, as bordas dobradas como se fossem de papel, o pato que parecia sorrir meio comicamente. Estava de pé bem no centro de uma rua estreita asfaltada recentemente; o vestido novo esvoaçava no vento fresco da noite, e gordas lágrimas escorriam-lhe pelo queixo. Seu único ponto de apoio era uma mão de mulher encostada no seu ombro, a mesma que lhe estendera o lenço. Quem seria? Tinha um rosto amarelo e balofo; dos lábios finos escapavam sons lamentosos, que lembravam uma música de ninar.

Uma outra mulher se aproximou. Será dona Jacira que segura com força seu cotovelo? "Calma", ela diz.

Só os mortos não morrerão, alguma coisa pensou dentro dela. Alguns homens estavam arrastando o corpo para a calçada. Um filete de sangue tinha escorrido e formado uma poça no meio da rua.

Um homem tão bom. Mas por quê?

Sob a copa da enorme árvore que tomava conta da calçada, folhas secas crepitam, esmagadas por pés estranhos. Débora e José as teriam arrumado cuidadosamente e pousado nelas uma aranha ou um passarinho ferido.

De repente, uma lufada mais violenta ergueu no ar algumas folhas. Elas rodopiaram por um momento e começaram a cair sobre Judite.

PROLIFERAÇÃO

Rio de Janeiro, 1984

1

Entrara num longo corredor, ou num túnel, um longo túnel no coração de uma pedra fria. Uma penugem de musgo cobria as paredes; podia sentir na ponta dos dedos o tapete úmido. O ar vibrava, carregado como antes de uma tempestade, que chegaria arrastando a terra, despedaçando as flores, levantando as folhas mortas num uivo terrível.

Alguma coisa estava roçando o seu rosto. Por um momento, achou que fossem as asas de enlouquecidos bichinhos de luz, mas como poderia haver desses bichos naquela escuridão? Provavelmente eram plantas saídas da pedra, que com suas mãos moles vinham lhe fazer cócegas na testa, nos olhos, ao redor das orelhas... Ela tentou rebater aquilo, meio com medo, meio com raiva, mas a mão se elevou apenas por um instante e logo caiu.

Adriana Armony

— Mãe?
Acima dela, o rosto de Débora a fitava com uma expressão preocupada. Com a mão esquerda, ela acabara de afastar gentilmente da sua testa uma mecha de cabelo grudada pelo suor. Mas aquela era mesmo a sua filha? Como tinha envelhecido! Os olhos, o nariz, o queixo eram os mesmos, mas as feições pareciam escorrer lentamente pelos lados. E havia a amargura da boca, que no entanto não sabia se era efeito daquele mesmo derretimento generalizado.
— Está sentindo muito calor? É esse verão que não vai embora! Não tem ar-condicionado que dê conta!
Judite tentou lembrar o que estava fazendo ali, mas algo lhe escapava. Para responder alguma coisa à filha, balançou a cabeça negativamente, enquanto procurava ganhar tempo. Certamente não estava na sua casa; não havia sinal dos móveis de madeira escura, não se ouvia a algazarra de meninos quase nus, loucos de calor. E a poltrona onde Salomão preparava o cachimbo tinha se transformado em uma cadeira descarnada.
Uma dama vestida de preto passou ao lado dela, exalando um doce perfume de sândalo. Não, não era o vestido que era negro, mas a cor da pele da mulher, que sorria uma fileira de dentes branquíssimos. A cauda do seu vestido colorido de rainha, todo bordado com contas, se arrastava pelo chão, varrendo a poeira acumulada de dias, meses, anos.
Afinal, onde estava? No teto, pontinhos pretos passeavam formando estranhos padrões: quadrados, círculos, linhas que zuniam formando desenhos fantasmagóricos. Alguém estava para chegar e Judite esperava. Sabia que estava

Judite no país do futuro

vestida de forma inadequada, desfeita em um gigantesco camisolão, mas não conseguia decidir o que devia vestir. Hoje em dia é tudo muito informal, viu-se pensando. Ninguém liga mais para essas coisas. Não, não se trata disso, alguém lhe respondeu, torcendo as mãos. O rosto a fitava, cheio de compaixão. Quis dizer que não precisava que sentissem pena dela, mas as palavras pareceram entupir na sua boca.

Fechou os olhos. Quando tornou a abri-los, se deu conta de que até então estivera dormindo. Estava deitada na cama de um hospital, Salomão estava morto há muito e a caixa de retratos devia estar no chão da sua quitinete, sua solidão exposta como uma fratura.

A coisa mais escassa na vida é o tempo, alguém lhe dissera uma vez, e só agora compreendia. Ah, o desperdício! Não sabemos quanto tempo temos, mas o consumimos implacavelmente. "Na curva da estrada, ao fim do dia, eles me cercam silenciosamente, me acompanham em vigília" — assim escrevera a poeta Rachel. E agora, quem a cercaria silenciosamente, quem a acompanharia?

— Você teve uma hemorragia, mas vai ficar boa, mãe.

Lembrou do fio de sangue sobre o branco da perna. Então era isso, uma hemorragia. O nome lhe trazia a segurança das coisas classificáveis.

— Eu ia pegar o remédio, mas acabei me distraindo... E então senti o sangue...

Ao falar, Judite tinha virado levemente a cabeça para o lado, o que fez com que retomasse a posse do seu corpo. No mesmo instante, algo começou a doer na sua barriga.

Adriana Armony

— Não fica nervosa, mãe. Por sorte, achei estranho você não atender o telefone e resolvi passar na sua casa antes de viajar pra ver se estava tudo bem. Ah, mamãe, não dá pra morar assim sozinha, na sua idade. Imagina o que poderia ter acontecido? Se não sou eu, se eu já estivesse em Teresópolis... É claro que não dá pra confiar no Uri e no José, um perdido em teorias malucas, o outro na barra da saia da mulher.

— Eu sempre me virei muito bem sozinha...

— É, mas agora vamos resolver isso. Agora é melhor descansar. Você passou por uma cirurgia e na sua idade isso não é pouca coisa.

— Mas o que é que eu tenho?

Débora estava arrumando uma bolsa de náilon cheia de roupas e parecia não ter ouvido a pergunta. Judite reconheceu nas mãos rápidas da filha as suas calcinhas enormes de velha, severamente examinadas e reprovadas com um muxoxo. A bolsa era certamente de Débora, moderna e com uma inscrição em inglês, e devia ter sido pega em algum momento depois da sua internação.

Para que arrumar tudo aquilo? Quem não via que tinha chegado a sua hora? Por isso Débora não respondia, por isso não poderia responder. Fechou os olhos, tentando imaginar como seria estar morta, como fazia quando era pequena. Nenhum som, nenhum gosto, nenhuma sensação, nem duro nem mole, nem frio nem quente. E nenhuma imagem — mas aqui esbarrava no fato de que só conseguia imaginar tudo preto, e que isso mesmo implicava o

Judite no país do futuro

ato de ver. O que seria ver nada, ouvir nada, sentir nada? Não, era impossível: dizer "ver", "ouvir", "sentir", e mais ainda, pensar em alguém ou algo que via, ouvia, sentia já era estar condenada ao fracasso. E chegava à mesma conclusão de sempre: bastava esperar, e então saberia.

— Só consegui falar com Uri há pouco tempo. E deixei recado na casa do José. Daqui a pouco eles devem estar aqui.

Se houvesse algo para sentir depois da morte, ou se pelo menos no fio de cabelo que separava a vida da morte pudesse sentir alguma coisa, gostaria de ver de novo Salomão enchendo o cachimbo na sua poltrona, e depois sentir o peso quente da mão dele no seu ombro. Gostaria de ouvir as vozes de seus filhos brincando no quintal, de vê-los com as faces afogueadas entrando para o almoço ("mas primeiro lavem as mãos"); e de arrumar a mesa cantarolando, sabendo que tinha tempo suficiente, porque a partida de xadrez ainda ia demorar. E depois haveria um roçar de ombros, uma excitação silenciosa, uma presença invisível. O filho do rabino apareceria chorando um passarinho morto, e ela beijaria carinhosamente os seus cabelos vermelhos. E, se tivesse um pouco mais de tempo, se o fio de cabelo lhe permitisse, contemplaria as estrelas do Ruslan, agora com mais tempo e mais sabedoria, enquanto a música tocava anunciando a Terra Prometida. Pois agora a Terra Prometida estava próxima.

"Só o que eu perdi eu possuo para sempre."

Ela havia perdido muita coisa. Ainda criança, perdera a mãe, em meio à guerra e à fome. Perdera o pequeno Moisés, perdera a convivência com Isaac, mais tarde perderia Batcheva; saltara de um lugar para o outro, sem ter nunca onde ficar. Perdera o sono esperando Salomão, imaginando-o morto nos conflitos com os árabes, e depois temendo que os filhos não acordassem, ou que se machucassem nas tardes intermináveis de sol. E quando tudo se acalmara, quando tinha uma terra e um ar para respirar, perdera o marido de uma forma estúpida. Pouco depois de ver o corpo de Salomão aos seus pés, tão morto como as folhas caídas da árvore, alguém contara que o vira conversando com um homem bêbado. Involuntariamente, como se já estivesse pronta desde muito, Judite imaginou a cena em todos os detalhes: o abraço dos amigos que não se viam há algum tempo, as banalidades que se dizem nesses momentos, a pergunta de João sobre Judite e os filhos, uma piadinha lançada no rosto do amigo mais novo, o ressentimento dele ao ver Salomão próspero e confortável, e finalmente João, com a camisa elegante desabotoada da qual escapava uma penugem de menino, olhando aparvalhado a arma ainda quente, sem acreditar no que acabara de fazer. Mas logo a polícia prendia o suposto culpado: Salomão fora cobrar uma dívida, e, como seu Joaquim estava armado, resolvera seguir o caminho mais curto para resolver o problema. "Aquele judeuzinho", foram as palavras que soltou quando o pegaram, sopradas junto com o bafo de cachaça.

    Por um tempo, Judite perdera a razão. Passara dias e noites nebulosos batendo a cabeça contra as paredes, desesperada, enquanto registrava impotente o abandono no

Judite no país do futuro

rosto de José, o pavor no de Débora, a resignação no de Uri. Nem mesmo sabia quem tinha providenciado a transferência do corpo para o cemitério judaico do Rio de Janeiro. Ficara vários dias sem conseguir falar, perdida em pensamentos vazios e irrelevantes: como as folhas se moviam com o vento, como a janela refletia um rosto que lhe parecia desconhecido, o estranhamento do seu coração que ainda batia. Fizera tudo para esquecer, para poder prosseguir — e então perdera até as lembranças, que encerrara naquela caixa de sapatos cuidadosamente forrada, que olhava às escondidas de tempos em tempos. A outra Judite, aquela que a olhava de fora, voltara. Fora morar com o pai numa cidade vizinha, e com surpresa percebeu que até aquele momento vivera em outro mundo, ao mesmo tempo que se sentia segura por voltar ao ambiente de sua infância. O pai cumpria religiosamente os horários das rezas e repreendia Uri por seu escasso judaísmo, enquanto apostava todas as fichas em José, afagando-lhe os cabelos com sua mão peluda e sussurrando algo que só eles entendiam. Ao contrário de Uri, José apreciava o avô, não se incomodava com o bafo de arenque ou o cheiro de naftalina de suas roupas de velho. Depois, quando o pai, já doente, decidira ir morrer em Eretz Israel, Judite transferira-se para o Rio de Janeiro, onde trabalhara forrando botões até se tornar professora de hebraico, justamente na época da fundação do Estado judaico. Passou a diretora adorada da escola quando, inspirando-se nos seus tempos de juventude em Eretz Israel, inventou de encenar uma peça no final do ano baseada em histórias da Torá. Também aquilo acabara perdendo, com a aposentadoria que lhe traria descanso, conforme lhe haviam garantido com uma empolgação forçada. Mas não se tornara uma inútil: ajudara a criar os netos, depois de ver com orgulho como seus filhos tinham se aplicado nos estudos e crescido na vida.

E agora, com os filhos e netos encaminhados, a única coisa que lhe restava perder era a vida.

"Só o que perdi eu possuo para sempre."

Se essa frase fosse verdadeira, só seríamos realmente plenos na morte.

2

— Cadê a mamãe?

Quem entra na saleta do hospital é um homem alto que nitidamente um dia já foi magro. Uma ruga profunda corta-lhe a testa próximo à sobrancelha direita, como ocorre quando está apreensivo; ao mesmo tempo, toda a sua expressão torna-se concentrada, quase científica, como se estivesse prestes a examinar um ser unicelular sob o microscópio. Débora lembrou incomodada que da última vez que tinha testemunhado aquela expressão brigaram seriamente, pois se recusava a levar a sério os achaques da mulher dele, que andava "deprimida", como o irmão dizia com voz lúgubre. Ela é que não poderia se dar ao luxo de ficar deprimida, com três filhos para criar e todo o trabalho na loja de móveis de que eram donos e de onde o marido cada vez mais se ausentava.

— Finalmente você chegou!

Uri enxugou a testa com um lenço. Invariavelmente, usava uma blusa branca por baixo da camisa e trazia um lenço no bolso da calça, que sacava de tempos em tempos. O calor era agravado pela barba que cultivava não apenas porque achava que reforçava a sua autoridade aos olhos dos clientes, mas também porque fazia com que ele se sentisse mais protegido.

— Passei praticamente o dia todo envolvido com um caso complicado e só recebi o recado quando cheguei em casa. E então, como ela está?

— Meio transtornada.

— É natural.

— E muito teimosa. Diz que sabe se virar, mas é claro que não dá mais para ela ficar sozinha naquela quitinete.

— O que foi que o médico disse? É grave?

— Eles abriram, retiraram o tumor. Agora temos que esperar o resultado do exame.

Uri colocou a mão na boca, num gesto que costumava fazer em criança, quando era contrariado.

— A mamãe é muito fechada, sempre guarda muito os sentimentos dela. Sempre foi muito dura. Com certeza esse câncer tem a ver com isso.

— Pelo amor de Deus, Uri, a mamãe já tem quase oitenta anos! E nem sabemos ainda se ela está com câncer!

— E o que você falou pra ela?

Judite no país do futuro

— Nada, não tive coragem. Talvez seja melhor você, que é médico, explicar tudo pra ela.

— Tudo o quê?

— Ah, Uri, sei lá. — Débora olhou o relógio, soltou um suspiro. — Olha, preciso dar um pulo lá fora, estou há horas sem comer nada. O quarto dela é o 306. Ela ainda deve estar dormindo.

E, antes que as lágrimas começassem a rolar, pegou a bolsa e saiu. De alguma forma, ainda conservava o orgulho infantil que a impedia de chorar na frente do irmão.

Para onde iria? Dera a desculpa de que estava com fome, mas só agora percebia que precisava mesmo colocar alguma coisa no estômago. Apressou o passo pelos largos corredores, tentando ignorar o cheiro de remédio que vinha dos quartos em ondas e viu-se do lado de fora do hospital, em meio às árvores frondosas próximas ao portão.

O hospital ficava perto de uma galeria ao fundo da qual havia um cinema. Débora fora lá algumas vezes com o marido para assistir a filmes em que o herói se salvava no último minuto passando pela fresta minúscula de uma porta, ou lutava com cobras e outros bichos peçonhentos num buraco fétido, dentro do qual se podiam divisar uns braços morenos e um queixo quadrado, que se sucediam em rápidos quadros, alternados com uns olhos de menino. Nesses momentos, Débora apertava no escuro o braço meio flácido do marido, e o contato dos seus pêlos encaracolados lhe dava uma sensação reconfortante. Mas, quando o filme terminava, não havia como não compará-lo ao herói, e a hora da saída era sempre penosa: ela se irritava porque Mauro demorava muito para sair, não conseguia se decidir por um caminho em meio à multidão ou porque apenas dava de ombros quando ela perguntava o que iam fazer depois: a decisão, como sempre, seria dela.

Tudo piorara quando ele resolveu que era um artista. Passava longas horas em frente a uma tela, lançando pinceladas esparsas de olhos semicerrados, como se ondas de sentimento o atingissem em espasmos. Nas reuniões de família, Uri adorava conversar com ele sobre os paralelos entre a música e as artes plásticas — de fato, tinha sido Uri quem empregara pela primeira vez aquela imagem das ondas em espasmos, que agora Débora usava com ironia —, enquanto ela se esfalfava na cozinha, seguida de perto pela mulher de José, que fingia ajudá-la, mas o tempo todo pedia licença para olhar os filhos, que viviam engalfinhados, brigando por cada centímetro da sala de visitas. Débora preparava tudo praticamente sozinha. Era ela que tinha de pensar em tudo: coordenava os empregados da loja, discutia com os fornecedores, aplicava o dinheiro para que a inflação não o reduzisse a pó. É verdade que fora o marido que herdara a loja, mas agora ele agia como se já tivesse feito a sua parte — "pombas, tenho direito de me expressar", diziam seus olhos de peixe morto.

E, de alguma forma, esse argumento silencioso a intimidava. Ainda se lembrava claramente da primeira vez que fora à casa dos sogros, em Copacabana. Ela e o marido freqüentavam o mesmo grupo judaico e ele a convidara para tomar um suco na sua casa. Entraram pela cozinha reluzente, em que sobressaíam mil paninhos de renda cobrindo as diversas superfícies, e ela entrevira a enorme sala. Capas brancas sobre os sofás davam-lhe um aspecto fantasmagórico, mas o que mais a impressionou foi o pesado lustre que parecia saído de um salão de baile. A princípio imaginou que eles estavam de mudança, mas logo descobriu que a sala nunca era usada, exceto para ocasiões especiais, quando tinham "visitas". Era comum que a mãe passasse um dia inteiro da cozinha para os quartos, sem nunca pisar na sala, que assumia assim um aspecto sagrado. Naturalmente, Débora não se encaixava na qualificação de "visita", e a sogra fazia questão de deixá-la muito à vontade — "pegue o que quiser na geladeira, querida, você é de casa" —, o que tinha o efeito de paralisá-la na mesma hora. Mauro tinha um irmão mais velho atarefado que quase nunca estava presente, mas que quando aparecia mostrava um desembaraço invejável, de quem sabia exatamente quem era e o lugar que tinha no mundo — o que o mais novo nunca demonstrava saber. A irmã de Mauro, ainda solteira, a tratava com educação e rancor. Ela se sentia fascinada por essa família tão estruturada, próspera e bem situada na comunidade.

Desesperadamente, procurou estar à altura da família do marido. Não sabia bem por que, mas procurava manter a sua própria família à parte, como se a ausência do pai fosse culpa da mãe ou até dela própria. Viviam modestamente, num apartamento no Flamengo com poucos móveis, e sua mãe era conhecida como a grande *morá* Judite. Seus irmãos não ligavam muito para a comunidade judaica, um com suas idéias de intelectual, outro com seu esquerdismo. Quanto à mãe, não tinha tempo para se dedicar à vida social; precisava trabalhar, criar os filhos; preferia ler os seus livros hebraicos ou ficar em casa com seus pensamentos (já mais velha, Débora se perguntaria que pensamentos seriam esses, mas na época estava preocupada demais consigo mesma e só conseguia ficar irritada). Agora Débora e o marido possuíam um amplo apartamento em Ipanema, e, apesar de todo o cuidado na decoração, não conseguiam se livrar de certo mau gosto tipicamente judaico. Havia um excesso de bibelôs na sala; os móveis envernizados emitiam um brilho plastificado, que se amplificava nos vidros que estavam por toda parte: no tampo das mesas, na cristaleira, nos vasos de flores, nos espelhos que refletiam a madeira escura e a estampa miúda dos móveis e das cortinas. Mas o que dava realmente prazer a Débora era o cheiro do couro, que ela associava a solidez e masculinidade. Quando não conseguia dormir à noite, antes mesmo de tomar um comprimido, costumava sair de seu quarto, atravessar o corredor acarpetado de verde-oliva e sentar-se na grande poltrona de couro da sala.

A fila do cinema começou a andar rapidamente e logo não havia mais quase ninguém nos corredores da galeria. Débora viu o próprio rosto refletido numa vitrine e não conseguiu evitar o pensamento: "Estou ficando velha." É estranho como os jovens acham que são eternos até que de repente descobrem sua própria mortalidade. Estaria ficando parecida com a mãe? Algum tempo atrás, não lhe agradaria

Judite no país do futuro

que lhe dissessem isso, mas agora chega mais perto da vitrine para examinar melhor o rosto: sim, o queixo projetado para a frente lembra o da mãe. Mas os olhos e a boca meio virados para baixo devem ser do pai. De dentro da loja, uma vendedora lhe sorri interrogativamente. Envergonhada, Débora entra na lanchonete árabe à esquerda da loja.

Com o barulho do liquidificador que bate um suco atrás do outro, é difícil para o atendente ouvir o pedido, uma esfiha de queijo e uma vitamina de banana com aveia. Sorriu ao pensar que as suas filhas provavelmente pediriam a mesma coisa. Mas, depois de fazer o pedido, começa a pensar que a vitamina seria pesada demais e que talvez fosse melhor comer uma esfiha de verdura. Além do mais, precisava emagrecer. Sentada no banquinho em frente ao balcão, engole com relutância a massa espessa de banana — o que eram aqueles pontinhos pretos que flutuavam na superfície? Quando o copo saiu do seu campo de visão e se olhou no grande espelho em frente ao balcão, um bigode espumante fazia seu rosto parecer o de um homem.

Sim, estava ficando velha. Ia à ginástica, aprendera algumas técnicas de maquiagem em revistas femininas mas era impossível deter o curso do tempo. Toda a sua atividade febril, os cuidados com os filhos, os malabarismos para administrar os negócios — aplicações financeiras, organização impecável, ameaças a fornecedores, estratégias para superar a concorrência —, nada daquilo fora suficiente. Os negócios minguavam. A mãe morria. O marido e os filhos se distanciavam pouco a pouco.

Adriana Armony

Ela, que com tanto esmero povoara a própria casa, agora se sentia sitiada. Evitava entrar no quartinho de empregada que o marido chamava de ateliê para não ver a pilha de *Playboys* que, sem a sua arrumação vigilante, se esparramava pelo chão como sêmen desperdiçado. (Mas que imagem era aquela? Uma vez lera na Bíblia que fora do avô sobre o grande pecado de Onã, e ficara impressionadíssima com a idéia de que ele lançava ao chão a semente de milhões de indivíduos, mortos antes mesmo de nascer.) Também o seu filho se atracava com as revistas, lidas sofregamente no banheiro, do qual saía com uma maçaroca enrolada junto ao peito liso e um olhar oblíquo de criminoso. O tempo estava passando também para ele, que com doze anos ainda era uma incógnita para a mãe. Talvez porque fosse menino? Ou porque fosse tão diferente de seus próprios irmãos, Uri e José? Sempre sentira que conhecia melhor as filhas, mas nos últimos tempos não podia mais dizer isso. A mais velha escapava-lhe por entre os dedos, derramando indiferença (ou desprezo?) enquanto contemplava embevecida sua própria imagem desabrochar no grande espelho da sala. Era muito mais bonita do que Débora, mesmo quando adolescente. E pensar que Mariana tinha sido uma criança desajeitada, que sempre se sujava mais do que os irmãos e nunca sabia muito bem onde largava as coisas.

"Minha mãe vai morrer", experimentou dizer, e ficou observando o efeito que a frase teria. "Mas não sozinha; vai morrer ao meu lado", prometeu a si mesma, fingindo ignorar que a morte só pode ser a infinita solidão. Deu

Judite no país do futuro

uma dentada na esfiha e achou-a muito boa. A vitamina de banana inundou o seu estômago de doçura. Afinal, estava viva!

Nesse momento, sentiu uma cotovelada nas costas. Quando se virou, viu um rosto muito próximo ao seu numa expressão cômica: duas grossas sobrancelhas pretas caídas sobre um nariz em gancho e uma boca arredondada em bico. O homem não devia fazer a barba há uns três dias. Ele levantou as duas mãos unidas para reforçar a expressão súplice: "Perdão, senhorita, perdão!" Enquanto Débora se perguntava se aquele "senhorita" era uma ironia, ele montou no banco ao lado dela: "Machucou?" Devia ter pouco mais de quarenta anos. Era atarracado e seus braços fortes eram inteiramente cobertos de pêlos negros.

— O senhor tem que prestar mais atenção por onde anda.

— Eu sei, eu sei. É que eu sou meio inquieto. Ou meio desajeitado, o que dá na mesma. Minha mãe sempre dizia: Não coloquem nada de vidro na mão do Jamil!

— O senhor trabalha aqui?

— Não, mas sempre como nessa lanchonete. Sou maluco por isso — e apontou para o prato dela, no qual a segunda esfiha jazia intocada, exceto por uma mosca que passeava por perto. Ele aproveitou para afugentá-la.

— Ah, bom, se trabalhasse, os proprietários estavam perdidos — De fato, ele estava bem-vestido demais para ser funcionário de lanchonete.

— E a senhora?

Para sua surpresa, ficou contrariada porque o tratamento tinha mudado para senhora.

— Eu não trabalho aqui — respondeu, cortante.

— Claro que não, desculpe, eu estava perguntando se está sempre por aqui. Acho que já a vi antes.

Aquela era a cantada mais velha do mundo, mas ele a fitava com uma confiança tão viril que ela não conseguiu não responder:

— Não, é a primeira vez.

— Então deixe que eu lhe apresente a especialidade da casa. Severino, traz o folhado de nozes para a moça.

— Eu já estou de saída.

— Por favor, é para compensar a cotovelada. Você parece triste, e esse doce alegra a alma. Pronto, chegou.

Débora pega o doce e fica com ele na mão, sem saber o que fazer. O homem abocanha o outro folhado que tinha vindo no prato e depois pousa a mão no seu braço. Seu toque é pesado e quente.

— O meu nome é Jamil, acho que já falei. Eu tenho negócios aqui por perto, por isso sempre aproveito para dar um pulinho nessa lanchonete.

— Que tipo de negócios?

— Indústria têxtil.

— É mesmo? Nossa família tem uma loja de móveis.

— Uma família grande, imagino. Casada?

— Sou, sim. — De onde vem aquele cheiro de flor de laranjeira? Do doce ou do hálito dele?

Judite no país do futuro

— Uma mulher bonita não tem motivo para estar assim tão triste.

Meu Deus, sua mãe estava morrendo e lá estava ela, aos quarenta e oito anos, flertando com um desconhecido numa espelunca árabe!

— Bom, o doce estava ótimo, obrigada, mas está na minha hora.

— Escuta, fica com o meu cartão. Não sei por que, mas acho que temos muito em comum. Liga pra mim qualquer dia desses.

Ela pega o cartão: "Jamil Salum, gerente de vendas", e o enfia rapidamente na bolsa. O sol a ofusca quando sai da galeria e por um momento não sabe onde está. Seria possível que o desconhecido a achasse mesmo bonita? Quando vira a esquina para tomar a rua que dá no hospital, vê José. Ele se atira nos seus braços e começa a chorar.

3

Depois que Débora saiu, Uri ficou algum tempo parado, tentando organizar os pensamentos. O que foi que ela dissera? "Você, que é médico..." Aquilo, que muitas vezes o orgulhara, outras lhe parecia uma maldição. Ora, não tinha o que dizer para a mãe! Fora Débora que acompanhara a internação, que falara com o médico; e agora saíra deixando-o ali, abanando as mãos... órfão. Essa palavra lhe ocorria agora como tantas vezes, mas percebeu com espanto que naquele momento a empregava para se referir tanto à morte da mãe quanto à ausência de Débora. "Ainda nem sabemos se ela está com câncer!", censurara-o a irmã. Estou ansioso, pensou. É natural. Sempre estava preparado para uma catástrofe. Talvez por causa das circunstâncias da morte do pai. Se alguma coisa ia mal, ele sempre pensava no pior. Imediatamente, acionava seus mecanismos de compensação — e que sua filha chamara uma vez de "contabilidade emocional". Se os clientes escasseassem, ele poderia se dedicar mais a ler e estudar. Se perdesse tudo com as ações da Bolsa, pelo menos não se angustiaria mais com as malditas flutuações dos papéis. Se em casa não aceitassem as suas regras, não teriam o seu dinheiro. Se a mulher estivesse deprimida, ele tinha o direito de ser consolado pela amante. O que mais o incomodava em Ruth era a irritante mania que ela adquirira de imitar o próprio psicanalista (caríssimo, aliás), interpretando de um jeito torto todos os seus desejos e afirmações, ele que tinha tanto apreço à argumentação racional. E, quando tudo o mais falhava, ela soltava um "falou a voz da razão", mas de uma forma tão desconsolada e infantil que ele não se sentia no direito de reagir, exceto procurando a amante.

No fundo, sentia que todos esses mecanismos de compensação eram fraudulentos. Que lhe adiantava dizer para si mesmo que a morte brutal do pai o fortalecera a ponto de se transformar na robusta figura que infundia tanta confiança nos clientes, se até hoje se sentia com doze anos, suspenso na brisa de uma noite silenciosa, cortada apenas pelo som dos arpejos do violino que tocara minutos antes?

Desde então, tocar violino era travar uma luta contra a morte. E, como não podia vencer, como a música era parte da própria morte, resolvera estudar Medicina. Havia o aspecto financeiro, evidentemente, mas o principal, logo

Judite no país do futuro

ficaria claro, era, de alguma forma, salvar o pai que agonizara por alguns momentos sobre o leito de folhas mortas antes de partir (era assim que a mãe se referiria posteriormente à tragédia). E por que haviam atirado nele? Fora cobrar (amistosamente, diziam) uma dívida que o seu futuro assassino pendurara na loja. Talvez tenha feito alguma piada que o homem não compreendera; Uri lembra que o pai muitas vezes falava por chistes, o que retrospectivamente acha de uma melancolia comovedora. Devia haver uma explicação, e, como Deus certamente não podia fazer parte dela, Uri a buscava em outro lugar, lendo, estudando, interessando-se por tudo o que lhe caía nas mãos. Ouvira dizer que o homem bebera quase tudo o que tinha, que a mulher o chamara de "traste" na frente das vizinhas — sabe-se que o orgulho ferido pode ter conseqüências trágicas... Mas nenhuma explicação conseguia apagar o ódio, a dor e a sensação de que tudo não passava de uma sucessão de acasos inumanos. Até por isso, Uri continuava tentando, em si mesmo e nos outros, encontrar um sentido nas coisas, mesmo que suspeitasse que esse sentido era uma criação exclusivamente sua.

Sentou-se no sofá e ficou esperando. Olhou várias vezes o relógio, mas a cada uma delas esquecia as horas que tinha conferido alguns minutos antes. Uma enfermeira idosa passou por ele, que não soube dizer se o ar interrogativo que ela lhe dirigiu indicava um humor severo ou bondoso. Débora não devia demorar. Não ligaria para a mulher ou para a filha ainda, não as preocuparia inutilmente, embora no seu íntimo tivesse certeza de que tudo estava perdido. Lembrou-se de como a mãe se afligia quando ele voltava da rua com o joelho ralado. Depois que o pai morrera, era com verdadeiro desespero que ela o recebia quando se atrasava um pouco, ralhando com ele ao mesmo tempo que o cobria de beijos molhados (seria a saliva ou as lágrimas?). Não era raro ele demorar-se de propósito só para vê-la daquele jeito, o que não o impedia de rejeitar o seu carinho, como menino grande que era.

O que não conseguia lembrar eram os momentos que se seguiram imediatamente após a morte do pai. Sabia por outras pessoas que a mãe quase enlouquecera; depois de um tempo em que ficara meio sonâmbula, ela gritara, rasgara as roupas, batera a cabeça contra as paredes (por mais que tentasse se convencer de que devia ser esse o costume na Palestina, sempre ficava impressionadíssimo ao imaginar a cena). A única coisa que lhe ficara na memória foram as vezes em que ela se deitava imóvel na cama, como se fosse uma morta. Uri se aproximava, fazia barulho, brigava com os irmãos, mas era tudo inútil.

Vou ver se ela está acordada, pensou, mas não se mexeu. Estava cansado, muito cansado. A cirurgia que fizera recentemente, e que o exaurira por completo, lembrava-lhe cruelmente o quanto o corpo é um mecanismo volúvel.

Finalmente se levantou, alisou a calça de tergal e se dirigiu com determinação para o quarto 306. A enfermeira que cruzara com ele o acompanhou, e desta vez ele percebeu toda a sua amargura e indiferença profissional. Os

Judite no país do futuro

corredores largos e o pé-direito alto davam ao hospital um ar de mosteiro, mas em vez de sombras escuras e recolhidas viam-se figuras brancas atarefadas e burocráticas, cujos gestos (às vezes até risos) reduziam a doença e a morte a uma série de procedimentos. Aquilo era bastante familiar a ele, que passara parte da juventude em residências de hospitais, mas agora se sentia como um menino do outro lado da vidraça, testemunhando um banquete do qual não podia fazer parte.

O quarto, flutuando numa semi-escuridão, tinha algo de aquário. Filtradas pelas persianas, finas fatias de luz tremulavam no piso de cor indefinida. Aproximou-se da cama e, concentrado em não fazer barulho, levou alguns minutos para perceber que a mãe estava de olhos abertos.

— Uri?

— Oi, mamãe, achei que você estivesse dormindo.

— Parece que vou ter bastante tempo para dormir agora, não é?

Uri ficou um momento em silêncio, tentando decifrar a expressão da mãe, entre melancólica e bonachona. Estaria se referindo às provações da doença que a aguardavam ou à própria morte? A frase tinha aquela estranha mistura de força, vitimização e estoicismo que o perseguira durante toda a adolescência. A mãe tinha uma firmeza de propósitos, uma dureza que provinha não apenas do sofrimento (era o que ele supunha), mas de uma espécie de distanciamento, um distanciamento do passado e dos desejos que lhe permitia "fazer o que devia ser feito", uma de suas expressões preferidas (outra dessas expressões marcantes era "ele é um justo", a qual certamente Judite usaria para se referir a Salomão, se tivesse o hábito de falar dele). Talvez por isso fossem tão valiosos aqueles momentos de atrasos e joelhos ralados, que abriam a fenda momentânea de uma desesperada fragilidade, mesmo que seguida de rígida fúria.

— Estou chegando agora, ainda não pude conversar com o médico. Mas a senhora vai ser bem cuidada, eu garanto.

— Ah, foi bom ter tido um filho médico...

Surpreendido com a voz fraquinha da mãe, Uri folheou casualmente uma revista que estava sobre a mesa-de-cabeceira ao lado da cama. Judite sempre se orgulhara do sucesso dos filhos nos estudos, e — sonho supremo das mães judias! — conseguira formar um filho doutor. José também não a decepcionara, era um intelectual e tinha um bom emprego (embora ele mesmo não estivesse certo disso). Sempre fora um sonhador, mas felizmente conseguira uma posição. Sim, aquele país fora generoso com todos eles.

Mas agora ela parecia estar longe. Tinha fechado os olhos e parecia miúda demais naquela camisola de hospital. Os cabelos estavam desgrenhados, mostrando largos pedaços da cabeça branca (ela que, apesar de tudo, fazia questão de arrumá-los cuidadosamente em cima da cabeça com creme alisante e laquê). Judite estendeu a mão enrugada mas macia, e seu toque frio o atingiu como um choque. Vai ser bom que ela vai ficar com a Débora, pen-

Judite no país do futuro

sou Uri. Ainda não tinha ligado para avisar ninguém sobre a mãe. Precisava urgentemente da filha — era quase uma necessidade física. Logo que tivesse um tempinho, correria até o orelhão e ligaria para ela; e, ao imaginá-la em sala de aula, debruçada sobre um aluno para ajudá-lo numa conta mais difícil, sentiu uma pontada de inveja misturada a uma estranha paz.

4

Devia ser a centésima vez que pisava naquela sala dos professores, e pela centésima vez no centro da mesa pontificava o Zé Bonitinho — era assim que o chamavam —; tinha cabelos engomados, um bigode da década de 70 e paletós com ombros estreitos demais. "O problema deles é que são muito arrogantes" ("eles" era a esquerda), "eles acham que inventaram a verdade. Têm a má consciência burguesa, a pior delas."

Na primeira metade da década de 80, aquele professor só podia soar inatual. A lembrança dos anos fulgurantes da anistia "ampla, geral e irrestrita" era suficientemente recente para tornar aquela fala estupidamente deslocada; as imagens de reencontros de exilados políticos ao som de músicas de protesto, transmitidas pela televisão, parecia mais viva do que nunca naquele momento em que vicejava a esperança de eleições diretas para presidente; mas, como os porões da ditadura pareciam quase tão recentes quanto a sua distensão, ninguém se dispunha a responder. Talvez aquele professor tivesse sido um informante, um delator; talvez fosse apenas um legítimo representante da classe média amante da ordem. De qualquer forma, não parecia importar muito. O sol brilhava naquele início de ano letivo, numa ebulição vertiginosa. Tudo estava recomeçando, era o que se dizia, mas era difícil para Luísa compreender as coisas, que lhe pareciam um emaranhado, uma confusão sem dono — ela que era amante da clareza e da elegância. Passara a infância numa estufa de silêncio, dividida entre o respeito à eterna dor de cabeça da mãe e as conversas tortuosas com o pai, recebendo notícias do mundo exterior apenas nas reuniões familiares na casa da tia Débora, que costumava lamentar as dificuldades dos negócios (não tão difíceis, ao que parecia, pelo conforto em que viviam), enquanto o tio José tecia longas considerações sobre injustiça social e autoritarismo, sob o olhar condescendente da irmã. "Pobre José, tão ingênuo, e além de tudo com aquela mulher...", dissera-lhe uma vez a tia Débora, enquanto arrumava os despojos da mesa do Pessach, e Luísa, para livrar-se do embaraço da situação, acenou com a cabeça, fingindo entender muito bem o que ela dizia. Além de tudo, aquela sua atitude lhe granjeara a fama dupla de inteligente e discreta, da qual não estava disposta a abrir mão.

Judite no país do futuro

Uma professora gorda fingia prestar atenção na pauta. Um outro fixara os olhos na parede atrás do professor, e os demais balançavam as cabeças, ironicamente. Resolveu sentar-se na outra ponta da mesa, onde pôde ouvir o fragmento de outra arenga: "Eles vêm cada vez piores. Não sabem ler nem escrever direito. O pior são os valores! Outro dia estavam cantando um *rock* no meio da aula, e quando chamei a atenção deles acharam 'um absurdo'. Do fundo do coração."

Esses eram os alunos da escola particular onde dava aulas às segundas, quartas e sextas. O que lhe parecia mais estranho eram as suas poses: todos pareciam derreter dentro dos próprios corpos; as costas escorregavam nas carteiras, as cabeças pendiam, e no recreio eles assumiam posturas de iogue. Na escola do Estado era diferente em alguns aspectos, mas em toda parte o que se via era ignorância, futilidade.

Olhou os dedos manchados de giz.

"E tudo isso por quê? Eu podia ter feito um concurso público. Ou ter ido trabalhar com a tia Débora, que sempre me chamou para ajudar na loja. Ou me casado com o Moisés (mas não, isso já seria demais). Em vez disso, estou aqui suplicando para que esses animais (sim, era a palavra que lhe ocorria) se encantem com a beleza das formas puras." Ocorreu-lhe então que as formas eram puras exatamente porque eram impossíveis de existir no plano da realidade concreta. E, no entanto, uma vez aplicados cálculos e fórmulas sobre essas abstrações, a coisa toda funcionava! A Matemática era cheia de truques que garantiam a volta à realidade concreta, e era por causa deles que o homem tinha conseguido inventar a televisão ou ir à Lua. Era isso que a fascinava nas aulas do seu novo professor do Instituto de Matemática, que era também cosmólogo: a passagem da Matemática à Física, da pureza da idéia ao caos da realidade pela estreita fenda de um artifício improvável.

O sinal bateu como uma guilhotina cai sobre o condenado. Quando Luísa não pôde mais ignorar que estava na hora, pegou suas coisas e arrastou os pés até a sala. "Estou atirando pérolas aos porcos!", pensou.

Respirou fundo e entrou. Havia três alunos de pé conversando, dois dormindo em cima do caderno e os outros estavam fora da sala, esperando que o professor — no caso, ela — agitasse os braços, chamasse, batesse palmas, assobiasse, enfim, demonstrasse que precisava deles.

O prestígio era uma aura quase palpável, que uns tinham e outros não, e que alguns tentavam desesperadamente ostentar. Quando por algum motivo o prestígio de alguém declinava, todos percebiam instantaneamente — súbito os rostos se desviavam, as conversas morriam antes de nascer, e o espectador da própria queda perambulava pelos corredores mendigando um olhar. Em algum momento, isso acontecera com Luísa, e ela tentava recapitular onde errara. No ano anterior era razoavelmente querida pelos colegas e pelos alunos, ou pelo menos por aqueles que formavam a "opinião pública" do colégio. De repente, passou um pé de vento — fora rigorosa demais com algum aluno? Espicaçara a vaidade de algum colega? Dissera algo que foi mal interpre-

Judite no país do futuro

tado? Representara uma ameaça a alguém que queria poder, ou mais poder — logo ela que tinha horror ao esforço inútil que o poder consumia? Ou não seguira satisfatoriamente as últimas recomendações da direção? E então, imperceptivelmente, as peças mudaram de lugar; e de repente os alunos e os professores pareciam todos saber algo que ela ignorava — e que talvez fosse sua própria certidão de óbito.

"Bom, são eles que pagam" — eram invariavelmente as últimas palavras do coordenador, acompanhadas de um suspiro resignado. Antes, porém, aquele senhor bonachão passava por várias fases: indignação, solidariedade, indiferença... A resignação era a quarta fase, e aquele suspiro era acompanhado por um olhar dirigido às alturas, como se aí se encontrasse a figura do diretor e até do proprietário da escola, que, segundo rezava a lenda, sussurrada por todos os corredores, acabava de comprar uma mansão faraônica em São Conrado. "Os alunos", "os pais" — balançava a cabeça o coordenador, lamentando os seus grilhões, mas ao mesmo tempo sentindo-se confortável em sua prisão, na qual podia confiar. E agora lá estava ela, dentro da sala, pedindo a colaboração de todos.

— Vamos sentar, pessoal. — E, sentindo-se uma miserável: — O que vou dar hoje cai na prova!

Uma menina vestida de *hippie* que estava de pé no meio da sala conversando ensaiou alguns passos de dança e deixou-se cair estrepitosamente sobre uma cadeira. Os meninos da fila de trás sentaram-se e imediatamente pareceram derreter nas carteiras.

Enquanto anda no estrado de lá para cá tentando explicar as belezas da análise combinatória, alguém bate no vidro da porta. É o inspetor, que a chama reservadamente.

— Ligaram da sua casa. Sua avó.

— O que aconteceu?

— Parece que foi operada. Seu pai pediu para chamar a senhora imediatamente.

Luísa ainda era suficientemente jovem para estranhar ser chamada de senhora, e por um instante hesitou, como se essa "senhora" pudesse não ser ela própria. Olhou para dentro da sala e para o corredor do andar alternadamente. Faltam apenas dez minutos para o final da aula, está no meio do raciocínio, e dois ou três alunos das primeiras carteiras a olham apreensivos com a caneta suspensa no ar. Tem vontade de perguntar ao inspetor "E como estava a voz do papai?", mas sente todo o absurdo da situação.

Então entra na sala, sem perceber o próprio olhar desarvorado, pega a bolsa e as pastas desarrumadas sobre a mesa e murmura: "Desculpem, tenho uma emergência." A pressa com que se lança no corredor não é tanta que não possa escutar o burburinho dos alunos comemorando sua antecipada libertação.

5

Eles entraram, suas três crianças crescidas, e junto com elas um homem grandalhão, grisalho, com um corte no queixo recém-escanhoado. Era estranho que aquelas mãos grossas a tivessem operado; preferia imaginar um ser diáfano, com dedos de pianista, tocando as suas entranhas. Com sua bonacheirice experiente de médico, rapidamente alcançou o pé da cama:

— E então, pronta pra outra?

A animação forçada do homem contrastava com o ar constrangido dos filhos mais velhos e os olhos meio inchados de José. Não, só José ainda era criança; nunca parecera tanto com Moishele, e Judite pensou dolorida que, ao contrário do que sempre dissera, uma mãe nunca amava igual todos os filhos. Não era uma questão de quantidade de amor, nem mesmo de qualidade, mas de toda uma rede de relações, de cumplicidades, de memórias inscritas na própria carne. Mapas corporais, dissera uma vez Uri, numa das suas curiosas formulações, e ela ficara imaginando onde ficaria a Palestina e onde ficaria o Brasil no seu próprio corpo. Onde ficava a cabeça e onde o coração? Ou talvez fosse mais apropriado perguntar onde estaria o fígado, o estômago, o útero... Imaginou o interior do seu corpo exposto, aberto como um livro (e aqui imaginava a velha Torá do avô, pesada e coberta de poeira), mas as letras estavam misturadas e ela não conseguia ler nada.

— Pronta para que, doutor? Parece que sou a última a saber de tudo aqui...

— Não seja injusta. É que ainda não temos o diagnóstico preciso, precisamos fazer alguns exames antes. — E mudando de assunto rapidamente: — Mas vejo que a senhora está se recuperando muito bem.

Judite olhava para a mão de José agarrada ao braço de Débora e pensava que seria ótimo se eles se tornassem mais próximos. Débora sempre quisera ser a mãezinha autoritária do irmão mais novo, e nunca lhe perdoara ter escolhido uma mulher tão diferente dela própria para se casar e ter os filhos, dois gêmeos espertos que pareciam não levar ninguém nem nada a sério. Ela claramente odiava a mal dissimulada vaidade da cunhada, seu distraído poder sobre os homens. Já entre ela e Uri sempre correria a velha rivalidade subterrânea.

— Olha, mãe, você vai lá pra casa. A Mariana pode perfeitamente ficar no mesmo quarto que a Andréa.

Judite no país do futuro

Débora sabia que haveria barulho. Afinal, para Mariana, Andréa era uma "pirralha". Nos últimos tempos, andava com a cabeça na lua, nas festas ou na praia, de qualquer forma bem longe da família, que suportava com estóica resignação. Respondia a todas as perguntas com monossílabos ou um vago râ-rã. Por isso mesmo, a mudança seria boa para a filha mais velha baixar a crista. E, se o escândalo fosse muito grande, sempre havia o ateliê, que poderia ser convenientemente desfeito para abrigar uma adolescente indócil...

— Não, Débora, por favor, eu não quero atrapalhar a vida de vocês.

— Nem pensar. É a sua saúde! Quando a senhora vai parar de pensar que pode dar conta de tudo? — o tom de Débora era de triunfo.

— A Débora tem razão, mamãe — diz Uri. — Até sabermos o que a senhora tem, é melhor não ficar sozinha. Você vai ter tudo que precisa na casa da Débora. E eu vou estar sempre por perto. — A irmã o olha com desconfiança, sem saber ainda se naquele momento ele é seu aliado ou seu inimigo. Ele olha muitas vezes para o relógio, o que espalha pelo quarto uma tensão difusa, como se um segundo a mais ou a menos pudesse pôr algo a perder.

Alheio a tudo, o médico tira a pressão arterial da paciente, examina-lhe o peito, toca a grande cicatriz, acompanhado pelo olhar atento de José. Quando termina, tirando o estetoscópio como uma pessoa que chega em casa finalmente tira a roupa da rua e põe os chinelos, José se aproxima da mãe com alívio e segura na mão dela. Eles

se entendem, pensa Uri com melancolia, sabendo que em breve será puxado discretamente pela mão do médico, que lhe dirá a verdade só reservada aos colegas de profissão. O médico sorri, confirma que clinicamente está tudo bem com a paciente. Para comemorar, Débora abre a persiana e uma esplendorosa luz de verão invade o quarto. Uma revoada de pássaros plana no céu azul, recortado pelas largas folhas de uma amendoeira, e uma brisa traz ao quarto um cheiro abafado de frutos em decomposição.
Alguém bate na porta.
— Deve ser a Luísa.
— Vó!
A moça se atira nos braços de Judite, que abre uma deliciosa expressão de espanto, como se naquele momento recebesse o presente improvável e desproporcional de sua velhice. Embora não tivesse convivido tanto com Luísa quanto com Mariana — Uri sempre fora menos presente do que Débora, além de ter vivido fora do Rio por algum tempo —, era dela que vinham as maiores alegrias. A curiosidade, o carinho. A escolha da profissão.
— Querida, você veio. Não...
— Não precisava, não precisava...
Elas riem, leves como a poeira que flutua na luz que invade o quarto. Uri se surpreende com o brilho novo que percebe no rosto da filha. Luísa nunca mostraria esse abandono com o pai ou com a mãe. E Judite parece tão frágil! Como parecia quebradiça entre aqueles lençóis, mais nova do que seus filhos, mais nova até do que sua neta, como quem tivesse acabado de nascer.

Judite no país do futuro

Em mudo entendimento, os filhos se retiraram com o médico, com quem iriam confabular sobre as probabilidades, os riscos, as dores de um provável câncer que na idade de Judite certamente se revelaria fatal.

O branco, o branco dos dias que se estendem junto com os lençóis trocados a cada manhã. O branco das roupas do médico, menos faceiro quando Judite não está acompanhada; o constrangimento dos seus encontros rápidos e precisos, como se tivessem vergonha de terem pregado uma mentira. O branco dos olhos líquidos de uma enfermeira exausta, o branco de dentes arreganhados num sorriso de caricatura. As horas gotejando lentamente, marcadas por acontecimentos que se agigantam, simples e claros, indícios extintos de um mundo ordenado: o café-da-manhã, o almoço e o jantar; tirar sangue, fazer exame; a visita dos filhos, dos conhecidos; Débora providenciando, Uri explicando, José em silêncio com as mãos entre as suas. Os riscos de luz projetados no chão a cada manhã que chega, avançando pelo quarto com a indiferença das horas. E, debaixo disso tudo, um outro ritmo, um ritmo impossível de acompanhar; os sobressaltos à noite; os enjôos silenciando todas as partes de si mesma alheias ao longo tubo que a atravessa e a parte ao meio; as imagens que invadem o vazio do quarto, os perfis, as vozes graves e surdas, abafadas pelo tempo; algo se modificando, se multiplicando incontrolavelmente dentro dela; e a espera, a espera, a espera.

6

Os dias de verão eram uma vasta promessa de luz e sal. Mariana colocava o biquíni de crochê, virando-se no espelho para contemplar o corpo adolescente, enquanto se imaginava descalça na areia branca, coberta pelos olhares dos homens ou rodeada dos amigos que encontraria no Posto 9 — com certeza ele estaria lá, esticando a cabeça como se procurasse alguém que nunca encontrava, alguém infinitamente mais interessante do que todos os que estavam ao seu redor. Ela mesma passara a assumir esse eterno ar ausente de quem tem algo mais importante a fazer, e no final de um dia de praia invariavelmente era acometida de um sentimento de derrota, como se só ela conhecesse o segredo da sua solidão.

Deu o lacinho nas laterais do biquíni, que demorara tanto para convencer a mãe a comprar (custara uma nota).

Adriana Armony

Ajeitou a parte de cima, experimentando a cortininha mais aberta ou mais fechada. Optou por uma posição intermediária para logo depois fechar violentamente a cortininha, deixando expostas duas fatias leitosas de seio. Amarrou a canga de praia e berrou para dentro do corredor, só para constar, "Mãe, estou indo", notando com alívio que a mãe ainda não havia voltado do hospital. Assim não precisaria escutar que estava acordando muito tarde (mas afinal, era domingo!), nem que deveria esperar sair o almoço (normalmente não conseguia colocar nada no estômago quando acordava, ainda mais quando só tinha uma coisa na cabeça: *ele*).

Na sala, o irmão do meio, vestido com um *short* de três anos atrás, ligara o ar-condicionado e assistia televisão, devorando um pacote de amendoins. O pé, em que apontava um dedão enorme, descansava em cima da mesa que ficava entre o sofá e a televisão, enquanto o resto do corpo se balançava ao som da música que vinha do aparelho. Ao lado dele, de pé, Bernadete, a empregada, uma mulata jovem e de riso fácil, aproveitava para assistir ao programa do Sílvio Santos enquanto a panela de pressão apitava na cozinha.

Quando a claque do auditório explodiu em aplausos, Carlos deu um pulo do sofá, agradeceu, deu um rodopio e começou a deslizar os pés para trás, ao mesmo tempo que lançava os braços, o pescoço e os ombros desconjuntadamente em várias direções. Aquela pequena encenação, que terminou em movimentos convulsos em cima do

Judite no país do futuro

sofá, era claramente dirigida a Mariana, que disse em tom indiferente:

— A mamãe não gosta que comam amendoim no sofá, ainda mais antes do almoço.

Como não estava claro a quem a censura se dirigia, Bernadete foi até a cozinha verificar se o feijão estava pronto. Na ausência da patroa, costumava passar horas assistindo televisão ou falando no telefone, e tinha medo que Mariana a delatasse. Carlos puxou uma mecha de cabelos pegajosos (aproveitara a ausência da mãe para não tomar banho) e olhou-a até ficar vesgo.

— Você se importaria de ficar com o cabelo queimado se fosse para ganhar 5 milhões de dólares?

— Hã? Tá doido?

— Em que planeta você vive? O Michael Jackson queimou o cabelo com fogos de artifício quando estava gravando o comercial da Pepsi. Eu não me importaria se fosse para ganhar 5 milhões de dólares.

— Isso nunca aconteceria, você mora no Brasil.

— E daí? Eu posso me mudar pros Estados Unidos.

— Além do mais, o que você faria com esse dinheirão? Você só sabe ficar aí deitado em frente a essa TV.

— Muita coisa! — E como não conseguisse citar nenhuma delas: — Você nem imagina...

— Você é ridículo, sabia?

Mariana discutia com enfado, por puro hábito, mas Carlos como sempre ficava agitado, e sua voz, para sua própria vergonha, elevava-se em vários momentos como um ganido, apesar do seu esforço para mantê-la grave e parecida com a do pai. Aliás, onde estaria ele? No ateliê ou com a mãe no hospital? Desde que acordara, Carlos estava na barra da saia da Bernadete, como a mãe costumava se queixar com o marido, antes de dormir. Sentada em frente a um pão francês murcho que havia empurrado para trás, a irmã mais nova, que arrumava a coleção de etiquetas na mesa ainda posta do café, soprou um "shhh" enérgico. Mariana inspira fundo e abre a porta (liberdade, enfim!), mas do fundo do corredor vê um grupo saindo do elevador e se aproximando lentamente: sua avó, apoiada no tio Uri e no tio José, o pai atrás, preparado para aparar os corpos deles caso caíssem, e a mãe um pouco adiante, com expressão trágica. Pensou por um instante em se esconder, mas percebeu que seria impossível. Por que não saíra um pouco antes? Tinha que estrear o biquíni novo. Dessa vez, ele ia ficar de queixo caído. Certamente ele estaria lá, e com sorte ela conseguiria ouvir os comentários sobre o próximo programa, um filme no Cineclube ou uma festa imperdível na casa de alguém... Mariana sempre ia a festas anônimas com as amigas, passava as noites bebendo, procurando-o no meio dos corpos entorpecidos pela música ("Me chama, me chama, me chamaaa..."), flertando com outros meninos para lhe despertar ciúmes, roçando nele quando passava no meio da massa enlouquecida (mas será que ele percebia alguma coisa no meio daquilo tudo?), puxando o decote para mostrar o início dos seios — e ao final da festa sempre chegava à inescapável conclusão de que não significava nada para ele, que era tão popular... Às vezes achava que ele nem mesmo sabia quem ela era, apesar de conhecer várias pessoas que ele conhecia e freqüentarem praticamente os mesmos lugares. Com o biquíni novo, talvez tivesse alguma esperança, mas agora, vendo a sua família chegar como uma procissão triste, teve certeza de que tudo estava perdido.

— Mariana, não fica aí parada, entra. Carlos, arruma o sofá para a sua avó.

Débora distribuía as tarefas como se estivesse administrando a loja, e os filhos obedeciam. Só Andréa ficou por um momento em suspenso junto à mesa tentando decidir se contava para a mãe e para a avó que tinha conseguido a etiqueta comemorativa da Company, uma das mais difíceis, mas prudentemente resolveu esperar mais um pouco.

Do corredor, Débora chama os filhos:

— Meninos, precisamos fazer uma reunião. — Isso queria dizer que vinha uma bomba, o que foi reforçado pelo ar grave e resignado de Mauro, que estava se juntando a eles. — A vovó de vocês está doente (ao fixar o olhar na parte de cima do biquíni de Mariana, sentiu-se ridícula por empregar esse tom infantilizado, mas foi adiante). Então todos nós vamos ter de nos sacrificar por um tempo. Ela precisa de um quarto pra ela e temos de decidir o que vamos fazer.

Mariana tinha certeza de que Débora já havia decidido tudo, mas fazia essas preliminares para mostrar que era uma mãe moderna. Enquanto pensava com força "o meu não, o meu não", perguntou algo diferente:

— Por quanto tempo?

— Não sabemos. As meninas podem ficar no mesmo quarto no início, depois se precisar vemos o que fazer. Aquilo soava como uma ameaça. Mauro se remexeu inquieto, ansioso por encerrar aquela conversa e voltar para o ateliê. Carlos estava tirando uma enorme meleca do nariz, que enrolou e jogou discretamente para trás. Andréa apontou para o rosto do irmão: "Está sangrando, eca!", e ele levou a mão ao rosto, fascinado. "Vai limpar isso, filho", disse Débora, e Carlos correu para o banheiro. Do seu nariz o sangue jorrava como se tivesse levado um murro numa luta de boxe. Deu um soco para o espelho com o tronco inclinado, fechou um olho, ficou dando pulinhos e olhando ameaçadoramente o rosto levemente coberto por uma penugem de barba. Imaginou-se num grande ringue cercado por milhares de pessoas, cheio de figuras femininas indistintas e vaporosas torcendo por ele. Tentando entender o que estava acontecendo, Bernadete, num vestido decotado, faria perguntas ao treinador a seu lado, um sujeito durão de queixo quadrado (ela nunca entendia nada, por exemplo, quando assistiam juntos a um jogo de futebol na televisão: comemorava o gol do adversário como se fosse do seu time, gritava "falta" quando um jogador ia bater uma lateral e assim por diante). Depois da merecida vitória, com o rosto meio estraçalhado, ele explicaria tudo a ela com a maior paciência (oferta que na vida real nunca se concretizava, porque ela não tinha tempo para coisas de meninos), e a piedade dela se transformaria em abraços, e em mais alguma coisa quente e úmida...

— Ei, tá tudo bem aí, cara? — Era o pai que, nos últimos tempos, para se aproximar dele, o chamava de cara, mas não conseguia nunca esconder o quanto era coroa.

— Esse negócio de sangue é fogo na roupa. Mas vem logo que a comida está na mesa.

O sangue tinha se coagulado numa manchinha vermelha escura quando ele abriu a porta. O pai colocou a mão no ombro do filho protetoramente e seguiram em direção à sala, onde a única coisa que se ouvia era o som dos talheres e dos copos se chocando, enquanto ao longe, na cozinha, o rádio tocava uma canção romântica, acompanhada pelo langor de um assovio.

7

Com algumas semanas, Judite já estava incorporada ao ritmo da casa. Na maioria das vezes, ficava descansando no sofá da sala, com um livro sobre as pernas ou olhando a televisão Débora havia organizado a casa numa ordem que lembrava a do hospital: quando Judite emergia dos seus fragmentos de sonho e escuridão, encontrava a mesa posta, os netos já na escola; na cozinha, algo sempre cozinhava, assava, fumegava, espalhando pela casa um cheiro de alho frito e de feijão, enquanto lá fora se ouvia o ruído de ferros batendo misturado ao de uma freada mais brusca de um ônibus lotado de banhistas seminus. Quando podiam, Uri e José vinham vê-la à noite. Às vezes, Débora vinha também para o almoço, apressada, e a crivava de perguntas. Diante de um prato de frango assado com batatas coradas ou de um fígado acebolado, Judite observava, no silêncio das bocas mastigando ou na reticência das conversas cotidianas, o invólucro de cada um, pequenos universos imersos na sua própria vida como se nenhuma outra fosse possível.

Só ela parecia ter se tornado outra. Estava se transformando em um vaso de plantas, uma vassoura, um item da casa no qual às vezes alguém tropeçava pensando "Ah, ela ainda está aí?". Tudo lhe era ao mesmo tempo familiar e estranho: a tensão da sua presença, alojada no quarto de Mariana entre pôsteres de artistas cabeludos de olhar mortiço; o respeito solene da empregada, logo transformado em alegre distância, ao perceber que ela era inofensiva; as macaquices do neto, que não parava de pular, cutucar, provocar as irmãs e a empregada ("sai, menino", ela se ria, deliciada); os gritinhos de Andréa, sempre se desentendendo com a irmã mais velha, que vivia remexendo nas bolsinhas e bonecas que ainda eram o seu orgulho de menina; o ar soturno de Mauro, cujo ateliê estava sendo invadido por vários objetos de Mariana que não "cabiam" no quarto de Andréa.

Alguns vinham conversar com uma condescendência que ela não se esforçava para desfazer. Como era estranho pensar que esses eram os seus frutos! Eles ouviam generosamente as suas poucas frases, pensando no que tinham de fazer depois. Os velhos lhes pareciam pessoas sem história, como se tivessem nascido com a pele enrugada, as mãos trêmulas, os olhos baços. Como se tudo tivesse ocorrido em outro planeta, ou num filme antigo passado tarde da noite

Judite no país do futuro

na televisão, na *Sessão Coruja*. Aliás, ela mesma passara a ter essa sensação. Tinha pudor de falar de si mesma — afinal, eles eram tão jovens, tinham tanta vida pela frente! Ela mesma, quando era mais nova, não fora assim também? Será que conseguiria imaginar sua tia de Tzfat como uma jovem cheia de paixão, ou seu pai de calças curtas fazendo pirraça? Não é pedir demais que os filhos pensem nos pais como tendo sido um dia mais novos do que eles mesmos?

Então lembrava. Por muito tempo, não sentira necessidade de lembrar; era preciso estar de pé, fazer a comida, cuidar dos filhos. Ali, na casa da filha, sem o suporte de cuidar da sua própria vida, as imagens do passado lhe apareciam como uma fila de cidadãos impacientes, cada qual com sua queixa.

Estava morrendo. Pediu para Débora trazer da sua quitinete alguns objetos pessoais e a caixa de sapatos forrada com os retratos. Quando a recebeu das mãos da filha, pelo seu silêncio envergonhado teve certeza de que ela a havia aberto, uma caixa de Pandora na qual só havia restado um único item, mas não disse nada.

O verão se prolongava no azul luminoso dos dias de abril. Débora resolveu organizar um Shabat no qual planejariam com detalhes o próximo Seder do Pessach, que deveria ser irrepreensível. Todos sabiam que provavelmente seria o último de Judite, mas por delicadeza ninguém o mencionava.

Débora estava agitada, quase febril. Passou o dia fazendo listas, ajeitando os objetos da casa, queixando-se da empregada. Os primeiros a chegar foram José, a mulher e os gêmeos. Os meninos dispararam pela casa, procurando algo com que se divertir; a mulher de José desprendeu um fraco e sorridente "Meninos, não vão destruir a casa da tia Débora" e largou seu belo corpo no sofá. Como a sua cunhada parecia tão jovem? Claro, ela era mais nova, mas mesmo assim... Aquela pele fresca só podia ser resultado de uma vida destituída de preocupações e responsabilidades.

Mauro surgiu do corredor, o cabelo molhado cuidadosamente penteado sobre as entradas da cabeça. "Chegaram as primeiras vítimas?" "Vítimas?", estranha José. Débora mal pode acreditar. Ele só podia já estar tocado pela bebida. "Vítimas do cuidado e do zelo da minha mulher. Pode haver filha melhor do que essa?" Mauro aponta teatralmente para Débora, que resolve ignorá-lo. Tem certeza de que ele está zombando dela e resolve guardar as satisfações para mais tarde. A campainha toca novamente. Entram Uri e Luísa: Ruth estava com fortes dores de cabeça, mas mandara lembranças.

Cíntia, a mulher de José, está remexendo na bolsa, de onde tira alguma coisa, ao que parece uma espécie de brinquedo dos meninos. Ela tenta consertá-lo enquanto escuta a conversa. Mauro sempre se sentira atraído pela mulher que fazia algo com expressão de estar pensando em outra coisa. Sua própria esposa, pelo contrário, apegava-se a uma coisa como o cachorro ao osso, e não a largava enquanto

Judite no país do futuro

não a tivesse roído completamente. Da última vez em que trocaram de carro, ela por muitos dias o torturara: dizia que tinham pagado muito caro, via arranhões na lataria que ninguém notava ou exclamava sem mais nem menos que a cor que haviam escolhido era péssima. Como era ela que acabava decidindo tudo, Mauro tinha o álibi perfeito para sacudir os ombros com um suspiro. No final das contas, porém, ela dava a entender que era ele o culpado, fosse porque não tinham podido comprar um carro zero, como em épocas mais generosas, fosse porque em última análise seria ele, o homem, aquele que deveria ter a prerrogativa de dar a última palavra. "Aqui a última palavra é sempre minha: sim, senhora", dizia às vezes Mauro com um cinismo que Débora rezava para que as visitas interpretassem como falso. Ela sacudia a cabeça resignada e oferecia rapidamente aos convidados mais um pedaço de torta de banana.

— Bom, como todos sabem, eu sou muito objetiva. A mamãe agora está descansando, de modo que é o melhor momento para planejarmos tudo. A criança mais nova tem de fazer as quatro perguntas. Vamos precisar de um dos gêmeos. — E aqui ela lançou um olhar a Cíntia, que sorriu vagamente, o brinquedo já consertado no colo, para o caso de os filhos precisarem dele. Sua cunhada era uma perfeita camaleoa: nos anos 60, andava de bolsa de couro e camiseta para mostrar que era engajada, embora nem por isso deixasse de usar minissaia; depois vivia fantasiada de *hippie*, e agora se vestia com roupas das butiques da moda, as mesmas roupas meio adolescentes que suas filhas cobiçavam. Andréa adorava as roupas da tia. Era comum que a menina ficasse sentada ao seu lado, mexendo na saia de um dos seus vestidos, amassando uma de suas ombreiras ou namorando a sua caixa de maquiagem.

— Mas os meninos não sabem nada disso. Judite uma vez ensinou a eles, mas com certeza já se esqueceram. Você sabe, são apenas crianças — diz Cíntia.

— Eles nunca estudaram em escola judaica, Débora — interveio José.

— Bom, então vamos fazer com o Carlos mesmo. O importante é o simbolismo. Vamos ter a raiz-forte, os ovos, o purê de maçã, a busca do *matzá*, e todos estaremos juntos, como há muito tempo não fazemos.

A porta do corredor se abre e Judite entra na sala. Os filhos se entreolham como quem é pego numa travessura. Ela finge que não percebe nada e se deixa beijar pelos recém-chegados.

À mesa, obedecendo ao ritual, José ataca o tema da política. Normalmente era ele o encarregado de manter a chama da conversa acesa com temas atuais e de cunho social. Na época da ditadura, quando estudara História na Nacional de Filosofia, mantivera relações com o pessoal engajado e depois trabalhara sucessivamente como professor e jornalista, vendo-se sempre às voltas com os problemas da censura. Os filhos de Débora, quando pequenos, sempre se lembrariam dele sussurrando, com medo de escutas imaginárias, mas agora ele trabalhava com publicidade e não parecia ter medo de falar alto.

Judite no país do futuro

— O que vocês acham, teremos ou não eleições diretas?

— O que se pode esperar de um presidente que diz que prefere o cheiro de cavalo ao cheiro do povo? Ele disse que um povo que não sabe nem escovar os dentes não está preparado para votar — responde Uri.

— Conclusão: precisamos ensinar o povo a escovar os dentes — diz Mauro.

— Engraçadinho.

— Mesmo que eles não queiram — argumenta José, amassando bem a galinha e o arroz com o garfo —, eles vão ter que aceitar. Vocês não vêem como está crescendo a Campanha pelas Diretas? As passeatas aqui no Rio, as manifestações em todo o Brasil. E, no dia 10, podem escrever: vai dar um milhão de pessoas na Candelária.

— Não sei se eles vão largar o osso tão cedo.

— Lembra do que disse o nosso querido presidente Figueiredo? "Quem for contra a abertura, eu prendo e arrebento."

— Acho que isso mostra bem as contradições dele.

— À dialética! — disse Mauro, alto demais, erguendo um brinde solitário.

— O Mauro agora virou intelectual — comentou Débora, dirigindo-se a um quadro pendurado na parede à sua frente. — Os intelectuais não precisam se dedicar ao trabalho burocrático cotidiano, não está à altura deles.

— Por que esse desprezo, Débora? Nós sempre prezamos o conhecimento — rebateu Uri. — Não é à toa que nós somos chamados o povo do Livro. Não é, mamãe?

Judite acena vagamente enquanto mastiga um pedaço mais duro da galinha. Ninguém sabe dizer se ela está realmente acompanhando a conversa. Aflito, José resolve apostar nas novas gerações:

— E na escola, Mariana, como estão as coisas? Os alunos de hoje se interessam por política?

Mariana está olhando fixamente a própria faca. Débora se pergunta se ela está contemplando o próprio reflexo no metal brilhante.

— Filha, você está ouvindo?

— A Mariana está apaixonada — diz Andréa.

— Cala a boca.

— Eu ouvi ela conversando com as amigas.

— Sua xereteira!

— Não precisa, você fala aos berros, mesmo de porta fechada dá pra ouvir tudo.

— Ele é judeu? — pergunta Débora, com ar casual, como se não pudesse haver outra resposta senão "é claro". Afinal, fora também por isso que fizera questão de colocar as filhas numa escola judaica.

Mariana, de boca cheia, não responde, apenas levanta os ombros.

— A Mariana gosta de gói, mãe.

— Ela está inventando. Não tem nada disso de estar apaixonada. Isso é que dá ficar no mesmo quarto que uma fedelha.

Débora fuzila Mariana com o olhar. Judite baixa os olhos para o prato onde pedaços de *gefilte fish* jazem como os

Judite no país do futuro

membros de um bicho atropelado. Só Carlos, que acabou de comer, está batucando no prato com os talheres, os olhos semifechados de quem está totalmente tomado pelo ritmo.

— Você não consegue parar quieto, menino?

— É porque sou muitos... — a piada era do pai, mas ele a adotara como se fosse sua, achando-se sempre na obrigação de acrescentar a explicação: "Carlos, no plural, e não Carlo."

A conversa morrera irremediavelmente. Débora chama a empregada para tirar a mesa (por sorte não era o fim de semana de folga dela) e eles passam à sala de visitas. Judite ficara a refeição toda calada e só agora conversa algumas amenidades com Luísa e José, sentados ao seu lado no sofá. Luísa conta do seu trabalho e do novo namorado, um cosmólogo que conhecera no mestrado do Instituto de Matemática Pura e Aplicada. Ao falar dele, seu rosto fica vermelho de prazer — só o que não diz é que ele não é judeu.

— Ele me disse a frase linda de um poeta: "Este é o milagre que mantém as estrelas separadas: carrego comigo o teu coração."

— Não entendi — diz José.

— Nem eu, mas não é bonito? — ri Luísa.

A reunião tinha acabado. Os gêmeos correm, doidos para se atirarem a algo mais interessante. Débora os detém, fazendo o que sua mãe não tem disposição para fazer:

— Até logo, hein? Despeçam-se dos primos, do tio Uri, do tio José.

— Ei, não esqueceu ninguém? Acho que me tornei o homem invisível — protesta Mauro.

E Débora, com o seu silêncio, o confirma.

No quarto, antes de enfrentar a cama de casal, Débora diz, enquanto desabotoa o sutiã de costas para Mauro:
— Não dá mais para as duas ficarem no mesmo quarto.
— Desde o início você queria destruir meu ateliê, não é? Você não suporta que eu queira sair dessa sua mediocridade.
— Mauro, a mamãe está arrasada. Sente que está incomodando, e isso não é justo com ela.
— Não é justo comigo. Você precisa é dar um jeito na sua filha!
— *Minha* filha?

Ela se vira, o olha de frente. Mauro juraria que o seu queixo projetado para a frente treme.
— Escuta, seu comportamento hoje foi intolerável.
— Meu Deus, o que foi que eu fiz?
— Você sabe perfeitamente.
— Não, não sei.
— Eu vou conversar com a Mariana sim, mas ultimamente está difícil ela me ouvir. Talvez você se entenda melhor com ela. Quem sabe se for para salvar o seu ateliê você faz alguma coisa.

Ela se deitou ao seu lado e puxou o lençol. Havia muito tempo ela desistira de atraí-lo na escuridão sonolenta, e não estava mais disposta a assumir o risco de usar uma calcinha provocante ou uma camisola decotada. Se continuava a se preocupar com o próprio corpo, era para se sentir bem consigo mesma, para impressionar as amigas e até mesmo outros homens.

Ou teria ainda alguma expectativa em relação a Mauro? Como estava distante a época em que se casaram! Mauro, elegante em seu terno alugado, parecia então mais alto e com ombros mais largos. Na roda de dança, erguidos nas cadeiras pelos amigos, sacolejados de cima para baixo de modo que não conseguiam distinguir o próprio riso do movimento das cadeiras, o futuro parecia que nunca teria fim. E, no entanto, tudo passara tão rápido! Sem que eles soubessem como, as possibilidades se estreitaram, e agora ele a acusava de mediocridade! Ele lhe devia praticamente tudo o que construíram: uma família, uma vida segura. Mas ao mesmo tempo que ela se dizia isso tudo, algo lhe soprava que havia alguma coisa errada. Por que não conseguia ter com o marido a relação de carinhoso respeito que a mãe tinha com o pai? Será que ainda não teria tempo para mudar? Para viver um outro amor?

Não, não tinha mais tempo. Além disso, algo a atava a Mauro, algo que não sabia nomear.

Por um tempo, ele permanece com o abajur ligado. Depois, vira para o outro lado e cai no sono.

Adriana Armony

Judite toma a decisão ao remexer mais uma vez na velha caixa de fotografias. Ali estava Salomão, bem vestido, os olhos honestos e a boca fina no esboço de um sorriso. Uma outra mostrava o casal, agigantado pela responsabilidade, atrás de três crianças forçadas à quietude de uma pose. Agora elas cresceram, se agitam nos seus próprios mundos — e onde estava aquilo que as ligava? Nenhuma das fotos mostrava a casa com poucos móveis, o quintal onde se ouvia Salomão chegando, a algazarra das crianças, o tabuleiro de xadrez sobre o qual João Ramalho e o marido travavam a sua luta infindável. Por algum tempo depois do assassinato de Salomão, Judite tivera certeza de que João fora o assassino. De que era ela a culpada da morte do marido. De nada lhe valia dizerem que fora seu Joaquim que o matara. Ela podia ter evitado tudo aquilo. Mesmo que aquele traste bêbado fosse realmente o culpado, fora ela que empurrara o marido para a morte, quando insistira que fosse cobrar a tal dívida para que ela pudesse comprar o vestido novo com que imaginava impressionar João Ramalho. É claro que era impossível saber se a tragédia seria evitada se não fosse por isso, mas mesmo assim ela se sentia responsável — tinha traído os seus princípios e fora punida.

Do fundo da caixa, Judite pescou o que sempre evitara: o poema que João lhe dera, antes de viajar. O envelope se perdera, mas as palavras ainda eram bem legíveis. *"E tomarei tua boca por sobre a minha, e o céu estará quieto. Uma folha terá se apressado e dois homens olharão para o céu."* Nunca entendera direito aquele poema. Afinal, que folha era

Judite no país do futuro

aquela? E aqueles dois homens? Seriam João e Salomão? *"E vigiarei a doçura do teu ósculo. Quem mais, quando o descanso chegar, fará felizes teus dois pés? A tua garganta mata de sede aquele que a vê, tina alcatifada de flores."* É claro, via a semelhança do poema com o Cântico dos Cânticos. Na época, a sensualidade do texto a enchera de prazer e de terror. Imaginou que ele a desejava, a amava... *"E teus filhos despertarão pendendo de ti como uma bagagem que deitas ao lado da cama sobre as ervas."* Ele sabia que os filhos eram o seu fardo. Eles continuariam vivendo suas vidas, germinando, multiplicando; e ela? Mas eram os trechos que vinham em seguida que lhe pareciam agora estranhamente proféticos: *"E disse, Deves perder o sono para que ganhes a fruta ácida — para que sorvas o mar cale-te inteiro o corpo: pois as mãos se fecundam apenas na terra longínqua."*

Sim, ela precisava saber. Enquanto ainda estava viva.

8

— Não vai dar pra passar não, pessoal. É melhor ficar por aqui mesmo. O ônibus atracara, impotente diante da multidão. Ninguém parecia se importar se os passageiros chegariam ou não ao seu destino: só havia um lugar para ir, e esse lugar era a Igreja da Candelária, onde se preparava o Comício que esperava atrair quase um milhão de pessoas. Para chegar à rodoviária, era preciso atravessar a avenida Presidente Vargas, que estava completamente tomada. Havia um esquema de trânsito, mas parece que algo dera errado; também não era possível contornar a Candelária e prosseguir por uma das vias secundárias. A maior parte dos passageiros não se importou; e foi aí que Judite se deu conta de que quase todos iam para o Comício. Ela foi até o motorista, que havia desabotoado o uniforme azul revelando uma barriga avermelhada por algum tipo de alergia, e perguntou (quem tem boca vai a Roma, era o seu lema): "Moço, como eu faço para chegar na rodoviária?" "Ih, minha senhora, hoje tá ruço. Não dava pra viajar outro dia não?"

Alguém a ajuda a descer do ônibus. Talvez conseguisse ir a pé, se no final da avenida encontrasse um trecho liberado. Começa a andar devagar, se espantando com a quantidade de gente pacífica andando nas ruas. Enormes bandeiras se estendem no ar limpo. Será que era assim que elas tremulavam durante o discurso do dr. Klausner, nos dias radiosos da Declaração Balfour? Aquele também era um dia magnífico, as pessoas sorrindo em família, os grupos de amigos de calças *jeans* e camisetas, o cheiro de churrasquinho misturado ao de pipoca.

Como era diferente o Centro da cidade sem automóveis! Parecia uma casa tomada da velha dona pelos seus próprios gatos — arranhando o sofá, derrubando as flores dos parapeitos, remexendo os restos de comida na cozinha (aqui se lembrou de uma amiga sua de longa data, que se consolava do abandono da família com um punhado de bichanos). Sentia-se um pouco fraca, mas continuou andando, atraída pelo som que vinha dos grandes equipamentos: músicas, discursos, palavras que varriam a multidão com o vento do futuro.

Ela entra por uma ruazinha que desemboca na parede lateral da Igreja da Candelária. Milagrosamente, há espa-

Judite no país do futuro

ços quase desocupados, apenas atravessados por fios e cabos que ligam entre si os gigantescos aparelhos próximos ao palanque. Ela os contorna e penetra na multidão. Se seguir o meio-fio, não se perderá. A rodoviária certamente ainda está longe, mas aquela multidão não podia ser infinita. Logo ela emergiria e poderia tomar um táxi, comprar a passagem... E então estaria em Além Paraíba, andaria junto ao rio até o jardim da sua antiga casa, sentindo o cheiro de folhas pisadas; ouviria o rangido familiar do portão e pediria licença aos novos donos para entrar na casa. E depois perguntaria a alguém — o seu Jorge da padaria, o seu Hélio do armazém, talvez até a dona Jacira, depois de tomarem um café forte e conversarem as novidades —, perguntaria o que fora feito de João Ramalho. "Ora, é só bater na casa ao lado", diria um rosto de sorriso largo. E ela tremeria como antes, antes de se decidir a bater na porta; pensaria se ele ainda era o mesmo, se vivia sozinho, se diriam tudo aquilo que nunca tiveram coragem de dizer ou se simplesmente se fitariam, entendendo tudo.

Um burburinho se propaga rapidamente pelo mar de corpos. No fundo do palanque, um homem se prepara para falar. Judite ajeita os óculos e tem de segurar em uma pilastra para não cair: seria ele? Os mesmos olhos, no rosto apenas um pouco gasto pelo tempo; o corpo um pouco mais robusto, o mesmo ar desenvolto de homem do mundo. No meio da multidão compacta, sente dificuldade de respirar. Sentindo-se cada vez mais fraca, ela senta no meio-fio e ouve.

Adriana Armony

Mariana sentiu alguma coisa se expandindo dentro dela. Uma das suas amigas da escola tinha combinado de encontrá-la na esquina da Rio Branco com a Presidente Vargas, próximo a um prédio verde. Como a amiga conhecia bem a turma da escola dele, havia grande probabilidade de ele estar lá. Rios de pessoas afluíam de todas as ruas do Centro da cidade; algumas levavam faixas e bandeiras enroladas debaixo do braço; outras, lado a lado, tentavam sincronizar seus passos para que a faixa que erguiam ficasse bem esticada. Homens, mulheres, crianças, estudantes, velhos, de todas as classes e profissões (senhoras bem penteadas, barbudos e cabeludos com jeito de intelectuais, homens atarracados em mangas de camisa, muitos aproveitando para ganhar uma graninha vendendo cerveja, biscoito, cigarro), todos se apossavam das ruas com a desenvoltura de proprietários.

Na Presidente Vargas, a massa se tornava mais compacta. Ela furou a multidão, o coração batendo acelerado. Estava atrasada. E se eles tivessem resolvido ir um pouco mais para a frente para assistir melhor ao Comício? Imaginou-o perto do palanque, o rosto bem erguido, os traços enobrecidos de idealismo libertário, a calça meio caída, a blusa de malha encardida de quem não se preocupa com a própria aparência, adornada com um broche do Che Guevara.

E ali, no meio das cabeças e dos gritos, estava ele! A amiga sacudiu os braços para chamá-la. De repente Mariana estava no meio de uma rodinha de garotos e garotas mais velhos que se sentiam perfeitamente à vontade naquele

Judite no país do futuro

tumulto. Conversavam sobre eleições diretas, revolução, luta armada, tudo aquilo que ouvia o seu tio José falar e por que nunca se interessara. Mariana pegou o cigarro de maconha que lhe estendiam, aparentando naturalidade. Já fumara cigarro algumas vezes, na casa de uma amiga cujos pais deixavam maços espalhados pela casa, mas não sabia como tragar (nem a amiga, na verdade). Sugou com força, inflando as bochechas da mesma forma que os outros, sentindo o gosto enjoativo penetrando na mucosa da boca, arranhando a garganta.

    Ela passa o cigarro para a mão dele, prolongando o contato com uma pressão que se confunde com uma carícia. Finalmente ele parece notá-la! Os olhos vermelhos injetados baixaram para o decote que na véspera ela mesmo cortara, com a tesoura da mãe, na blusa branca de malha. Outra onda de aplausos varreu a multidão. Uma voz amplificada pelas caixas de som, multiplicada em vários pontos com pequenos intervalos, deve ter dito algo importante, pois as bandeiras se ergueram bem alto, toldando o céu azul. "Está chegando o momento, companheiros...", e as pessoas começaram a empurrar. Ele dá a mão para ela. É tão íntimo o contato que o que ele fala parece algum tipo de brincadeira: "Eu já te vi antes, não é?" Mariana ri e aperta mais a mão dele. Não tem o que dizer, só sabe que está com ele e o céu é de um azul louco.

    Ele a arrasta pela multidão até a parede lateral de um prédio que forma uma espécie de galeria com o muro arruinado em frente; no fundo, algumas lojinhas estão enfeitadas com bandeirolas do Brasil. Um cheiro de mijo misturado a suor velho a atinge quando os corpos deles se apertam e ele cola a boca na sua. A pressão que a move para baixo é suave, mas insistente, e a deixa confusa. Ela faz o que imagina ser correto: beija o pescoço dele, enfia os dedos por baixo da blusa, e quando se dá conta está praticamente de joelhos. A coisa toda é muito rápida: ele abaixa as calças, mostrando um pau duro e brilhante; ela sente o gosto de cueca usada e fecha os olhos, ignora um pêlo que enrosca na sua língua. Concentra-se em abarcar com a boca tudo o que pode, deixando-se levar pelo vaivém das mãos sobre os seus ombros; ele não deve perceber a sua inexperiência. Olha para cima: o rosto dele é uma máscara de agonia. Por favor, que tudo acabe logo. Uma voz vibra nos alto-falantes, as pessoas aplaudem. O ar está parado, o suor cola na sua testa. Finalmente, num último sacolejo, ele lhe foge da boca e despeja um líquido viscoso no seu decote.

Aonde Judite teria ido? Mariana era a culpada; Judite nunca admitiria ser um peso para alguém. E Mauro, não poderia abrir mão daquele estúpido ateliê? Mas também, que tolice sair assim sem avisar! Sentiu raiva de que a mãe estivesse se comportando como uma menininha fugindo de casa. "Ela está sofrendo, está doente", forçou-se a pensar. Entrou no quarto de Mariana e procurou alguma pista no canto que Judite reservara para si mesma. Ela não dei-

Judite no país do futuro

xara nenhum recado, nenhum bilhete. No armário, faltavam algumas poucas roupas, desfalcando os esqueletos dos cabides cuidadosamente separados das coisas de Mariana — saias vaporosas, calças de *lycra* surradas, colares e brincos com pedras baratas, camisas de malha cortadas por ela mesma em vários modelos. A bolsa de viagem verde fosforescente também tinha sido levada. Por que a mãe quisera ir embora? E para onde? É verdade, nos últimos tempos ela lhe parecia melancólica, calada demais, o que atribuíra à velhice e à doença. Débora pegou a caixa de sapatos e abriu-a, agora sem o vago sentimento de vergonha que fizera com que da outra vez olhasse tudo às pressas, como que por acaso. Lá estavam as fotos, com seu cheiro característico de fumo de cachimbo. O pai, a família fazendo a pose dos momentos solenes, fotos mais recentes de Débora, deslumbrada com o próprio casamento, dos irmãos (a formatura de Uri, José sentado na redação de um jornal) e dos netos comendo hambúrgueres no jardim zoológico. Procurou no fundo o papel com o poema que o pai escrevera ou copiara de algum lugar, mas não estava lá. Na fuga, a mãe levara não as fotografias, mas as palavras — então para Judite as palavras eram mais importantes que as imagens? Logo ela, que falava um português meio esquisito, com um leve sotaque mas sobretudo com palavras inusitadas, livrescas demais, como Mauro notara uma vez...

    Teria ido para a casa de uma amiga? Ou ido ao cemitério visitar o túmulo de Salomão? Ou ainda voltado para Além Paraíba? Ligou para os irmãos, mas a única pessoa que encontrou em casa foi a Luísa, de saída para o Comício. Maldita manifestação! Se a mãe tivesse tido a idéia de pegar um ônibus, podia ter ficado presa no meio do caminho, e como encontrá-la no meio de toda aquela confusão? Ela se perderia ou, fraca como estava, desmaiaria. Traçam um plano de ação: Luísa viria para a casa de Débora, ligariam para as amigas de Judite (algumas poucas senhoras da comunidade que mantinham contato freqüente com ela), depois para a rodoviária e para o cemitério. Se mesmo assim não conseguissem saber de nada, Luísa iria procurá-la na rodoviária e Débora no cemitério.

Todos tinham saído, só Carlos e Bernadete estavam em casa. Sentado no sofá, com o ar-condicionado na máxima potência, ele ouvia o barulho do chuveiro vindo das dependências de serviço. Aquilo lhe atiçava o sangue: imaginava-a no quartinho trocando de roupa, tirando o sutiã de renda preta igual ao que vira na *Playboy*, os mamilos como dois pratos marrons, o biquinho espetado enfim livre. Ela entraria no minúsculo banheiro e se ensaboaria com movimentos de serpente, desviando a grande bunda da pia e da privada que ficavam bem próximas ao jato d´água. Ela era toda cheia de curvas, gostosa, bem gostosa (repetiu a palavra que os amigos falavam tanto, ao mesmo tempo alarmado e orgulhoso com o volume que crescia debaixo do seu *short* de menino), e estava ali, ao alcance da sua mão. Só precisavam esquecer que ele só tinha doze anos.

Judite no país do futuro

O barulho do chuveiro cessou. Certamente ela estava pegando a toalha surrada, enrolando-a nos seios empinados, alcançando dentro do armário o grande pote redondo do creme de pentear. E agora ela cantarolava, e talvez estivesse nuinha escolhendo a roupa que usaria ao sair do serviço: calças colantes, frentes-únicas, decotes profundos, todo um deslumbramento de cores e cheiros em que Carlos penetrara uma vez, durante uma das folgas dela.

Não tinha nem mais um segundo a perder. Quando abriu a porta da cozinha, notou que a do quartinho estava entreaberta. Aproximou-se da fresta e viu, no reflexo do espelho pregado na parte interior do armário, os seios e a barriga carnuda de Bernadete, que acabava de se levantar depois de colocar a calcinha, um minúsculo pedaço de pano com elástico meio frouxo, como as das suas irmãs. Ao contrário do que imaginara, ela não deu um grito ou fechou a porta num estrondo, mas o olhou calmamente, com curiosidade, e ele não sabia se aquilo era sinal de que o achava criança demais ou se era um convite. Como não conseguia pensar, agiu: com as mãos bem abertas, agarrou um seio com uma mão ao mesmo tempo que abocanhava o outro. Ela pegou suavemente no seu ombro, observando inerte os movimentos desajeitados que ele fazia ao apertar o seu corpo contra o dela. Depois, com um suspiro, disse "Agora já chega" e o empurrou para fora.

Sem entender direito o que acontecera, Carlos se atirou no sofá, esperando seu pau parar de latejar. Pouco depois, Bernadete entrou na sala, sorridente, chegou a cabeça cheirando a henê junto do seu rosto e sussurrou-lhe: "Tchau, garotão." E então teve a certeza de que tinha se tornado um homem.

9

Ali estava ela, e nem sinal da sua mãe. O responsável pelo cemitério, com seu ar misto de empregado de escritório e faxineiro, lhe informara que o movimento naquele dia estava muito fraco (apenas uma senhora de oitenta e nove anos enterrada pelo seu filho único e bastante acabado).

Mesmo assim, Débora caminha pelas ruas que cortam o terreno plano de uma cidade esplendidamente ordenada. Longe da brisa marinha, o sol arde nos túmulos, todos iguais, lembrando que na morte riquezas e posses não contam. Quanto passado armazenado! Quantas histórias vividas inutilmente! Chegou ao túmulo do pai, uma pedra negra de circunspecção judaica. Fitou a foto dele, o rosto ossudo do imigrante que sobrevivera ao sofrimento. Fora para ele que sua mãe vivera; em nome dele e dos seus frutos, erguera uma fortaleza, talvez a um alto custo (e aqui lembrou do que Uri dissera sobre as causas do câncer da mãe e não pôde deixar de se sentir culpada). Quando descobrira o poema que ele lhe escrevera ou copiara, sentira surpresa e orgulho, misturado a algo mais, que poderia chamar de inveja. A relação entre os seus pais sempre fora para ela como um quarto fechado e sobriamente decorado, mas o poema falava em seios, abraços, corpos deitados na relva. Tão diferente da mediocridade (sim, era mesmo essa a palavra) que havia entre ela e o marido...

Não conseguia imaginar que era ali que estava o seu pai. Enquanto ela e os irmãos existissem, ele viveria na sua memória. Depois, restaria apenas o túmulo, e um dia uma criança brincaria com as pedras colocadas sobre ele, um dia ensolarado e indiferente como aquele. Em alguns anos ela também morreria. Quanto tempo ainda lhe restava para aproveitar os últimos vestígios da sua juventude?

Sobressaltou-se ao lembrar que ainda não encontrara a mãe. A verdade é que a sentia longe, mais longe do que o pai, como se ela já estivesse em outro mundo. Ela mesma lutara para ser forte como a mãe, mas aquilo não a apaziguara. E, agora, sentia necessidade de ser fraca e não podia.

Talvez Luísa já tivesse notícias dela. Ou nessa altura ela já tivesse percebido a besteira que fizera e já estivesse em casa. Esse pensamento a alivia. Abre a bolsa, remexe a papelada lá de dentro. Nunca consegue achar nada que quer. Finalmente, retira o cartãozinho amarrotado: Jamil Salum, gerente de vendas. Coloca-o de novo na bolsa e volta para casa.

Judite no país do futuro

O ônibus de Luísa conseguiu chegar à rodoviária desviando e tomando um caminho alternativo. Da janela, ela divisou ao longe os cones delimitando o espaço da manifestação e ouviu o rumor indistinto dos discursos e dos aplausos. Agora estava em frente a um sujeito de bigodinho oleoso cuja consciência do próprio poder apagava os traços habitualmente servis do rosto:

— Não dá mesmo para saber se a minha avó embarcou?

— Senhorita, eu já lhe expliquei. Nós não temos lista de passageiros, isto aqui não é avião.

— Mas eles não têm que preencher um papelzinho quando entram no ônibus? Alguém deve ter esses canhotos!

— Aí eu teria que falar com o meu superior — respondeu o homem, arrumando o dinheiro em grandes bolos atados com elástico.

Atrás dela, uma mulher baixinha e atarracada bate o pé, impaciente: "Esse pessoal", ela diz entre dentes. Luísa se apressa:

— E onde ele está? — perguntou, já à beira das lágrimas. Nos últimos dias, afora todo o nervosismo da situação, estava extremamente sensível.

— Ah, só Deus sabe... — e abriu os lábios num riso que mostrava os dentes amarelados de fumo.

— Eu posso pelo menos perguntar na plataforma de embarque?

A mulher atarracada perde a compostura:

— Ô seu moço, assim não dá! A moça não se decide!

— Só se a senhorita tiver uma passagem...

Adriana Armony

Ela considera se deve implorar para que o homem dê um jeito ou insinuar que lhe dará uma gratificação, mas sente-se sem energia para qualquer uma das duas coisas. Compra então a passagem mais barata que dá acesso à plataforma e desce pelas escadas quase correndo.

Tudo tinha se transformado em som — o arrastar dos pés, as palmas, os assobios, as conversas, um grito solto no azul — tudo se comprimia numa espécie de casulo abafado — mas onde estava a voz dele? o que dizia? — ela via as pernas, os braços escuros da multidão embebida em suor, um contraponto exato ao céu límpido, só coberto de quando em quando pela nuvem de uma grande bandeira — sentada no meio-fio, como uma criança de castigo, ela esperava — para chegar a Além Paraíba, era preciso passar por tudo aquilo — uma sacola plástica se espatifou molhada perto do seu pé, algo gorduroso escorrendo — um visgo marrom de cheiro apodrecido — Além Paraíba e suas ruas cheias dos moleques saídos da escola, correndo com uma bola nos pés, "dá licença, senhora, dá licença" — o aceno dos amigos à sua passagem, os passos de Salomão amassando o capim selvagem — ela quer levantar, precisa ver João Ramalho falando, mas seria possível que fosse mesmo ele? — e agora os sons estão se afastando, uma mulher jovem abre caminho na direção do palanque — dá licença, dá licença — ela pisa nos pés inchados da senhora idosa, e é ela, Judite, essa senhora — não tem importância,

Judite no país do futuro

não doeu, dói em outro lugar — ela está tonta, não consegue mais distinguir as sombras que vê da massa amorfa de sons que já está muito longe, em algum ponto do azul — alguma coisa estava errada, é em outro lugar que ela está agora — e no meio do calor aparece o camelo, mastigando alguma coisa — são cabelos, agora vê claramente — e não havia mais ninguém, nenhum manifestante, nenhum orador no palanque, nenhuma mulher ou homem ou velho ou criança, nem mesmo seus filhos e seus netos em casa, agoniados com a sua ausência — Débora, Uri, José, Mariana, Carlos, todos pertenciam a uma outra vida — e até Salomão e João Ramalho, e sua mãe doente e seu pai — só havia ela e o camelo — ele se aproxima, muito devagar — é impressão sua ou seus olhos são cheios de sabedoria? — ou talvez de tristeza — ela aguarda o homem de barba negra penetrar sua faca afiada — mas não é um camelo, é um elefante, a tromba escura esticando-se em direção ao seu rosto — o chão é agora uma superfície endurecida sob o sol escaldante — o elefante caminha pesadamente, e sob seus passos se abre uma fina rachadura — e então ele some, não se sabe como, tragado pela fenda, sua massa imensa subitamente anulada — uma luz estoura e ela não vê mais nada.

Mariana coloca o dedo no vão dos seios. Cheira a água sanitária. A multidão antes tão viva agora era uma algaravia de sons e corpos desencontrados nos quais ela esbarra o tempo todo, procurando algum lugar onde ficar. Ele a deixara pouco depois do ato, dando a entender que logo voltaria, e demorou um pouco até que Mariana percebesse que isso não ocorreria. Saiu às tontas no borrão desfigurado da multidão. As pernas lhe doíam. Um ponto de alarme no seu peito a empurrava na direção do prédio azul onde cabeças desconhecidas estavam todas voltadas para o mesmo lado, e depois para adiante, até o coração do som que explodia nas caixas; ela foi rasgando a massa compacta até chegar num ponto em que a muralha dos corpos era mais espessa do que ela mesma. Então alguma coisa se desprendeu e ela começou a chorar. Acocorada no chão, lágrimas gordas lhe escorriam pelo rosto. Algumas pessoas olharam para baixo, indecisas entre a perplexidade e a compaixão. Pertencia a uma velha raça, a das perdidas, das desenganadas, das ridículas.

Certamente alguém teria visto sua avó: um fiscal, uma vendedora de balas desdentada, um motorista que devorava um sanduíche gorduroso, um mendigo que conseguira se insinuar debaixo dos olhos coniventes dos empregados. "Uma senhora de olhos e cabelos castanhos armados num penteado para o alto, com queixo proeminente e dificuldade de andar" — não sabia dizer quantas vezes repetira essas palavras sem nenhum resultado. O calor é insuportável, nenhuma brisa sopra nos corredores sujos de poeira e restos de comida. De algum lugar sopra um cheiro de esgoto. Será que sua avó de quase 80 anos havia percorrido tonta aqueles mesmos corredores, sentira-se enjoada como ela, procurara em vão algum lugar limpo para se sentar? E enquanto isso, tomada pela ansiedade de estar de volta à primeira terra que a acolhera, Judite certamente evocava o passado — revia na memória as ruas de terra, a casa simples, sua época de mãe jovem em Além Paraíba, ajudando o marido num lugar provinciano, mas cheio de oportunidades...

Colocou a mão na barriga num gesto inconsciente. Havia alguns dias que desconfiava estar grávida, mas ainda não tivera coragem de fazer o exame. Pensa que seria maravilhoso se a filha (não sabe por que, mas tem certeza de que será uma menina) conhecesse Judite.

Não estou indo para Além Paraíba. Estou indo para o Além-túmulo.

Sentada no meio-fio, Judite tentou achar graça na própria piada, mas estava fraca até para rir. Alguém a tinha acordado, o enorme rosto sobre ela (como deixavam uma mulher daquela idade sair sozinha?). "Obrigada, já estou bem, só preciso descansar um pouco", a mulher se afastando desconfiada, sumindo na multidão.

Nunca conseguiria atravessar a avenida apinhada e chegar na rodoviária. Evidentemente o homem do palanque não era João Ramalho. Como poderia? Ele estaria muito mais velho; aquela diferença de idade que lhe parecera tão grande agora não o seria, ela com setenta e nove, ele com sessenta e cinco ou sessenta e seis. Além do mais, o que ele estaria fazendo ali? Era um poeta, não um político — embora não fosse impossível que tivesse se tornado um deles. Mesmo se conseguisse chegar em Além Paraíba, provavelmente não o encontraria. E, se o encontrasse, estaria casado com uma estranha e a receberia com constrangimento, não a perdoando por ter envelhecido. Ou pior, estaria doente, talvez com mal de Alzheimer, e ela seguraria sua mão trêmula apenas o tempo suficiente para não se sentir culpada.

Além do mais, estava tão fraca! Alguma coisa se multiplicava dentro dela, incontrolável, alguma coisa estranha que acabaria por roê-la inteira. E, no entanto, tivera toda uma vida; será que conseguiria morrer como os velhos patriarcas, cercada pelos filhos, certa de que sua herança seria levada adiante?

Não, era melhor conservar aquela imagem: ele saindo de costas da casa dela, lentamente, os olhos nervosos de expectativa e paixão, e depois correndo pelas ruas de terra. Assim como todas as outras: os olhos da mãe, a solitária máquina de tecer meias do pai, o jeito de Isaac coçar a perna, Moishele e Batcheva apertando a sua mão, um menino de cabelo vermelho acariciando um passarinho ferido.

Um rapaz passa puxando pela mão uma moça (é impressão ou é mesmo sua neta Mariana?), o ar urgente de namorados. O amor continuaria seguindo seus caminhos, com seus abraços doces, sua garganta morta de sede.

Judite no país do futuro

Era bonita a multidão, agitando as bandeiras sob o céu glorioso e indiferente. Como eram vivos, como faziam força para existir!

Terá tempo de encontrar um orelhão e ligar para casa. Mas não ainda. Queria contemplar o futuro apenas por mais um momento.

FESTA

Rio de Janeiro, 2004

Linda, linda! Todo o encanto da juventude e da felicidade! Luísa encostou a cabeça no ombro do marido, orgulhosa. A filha fizera questão do casamento tradicional, e aquele momento provava que estava certa: ninguém conseguia tirar os olhos do rosto radioso de Eva. Lá estava o tio Mauro com a nova esposa, uma mulher classuda implacavelmente acompanhada pelo olhar da tia Débora. Ao lado dela, ciumentíssima, Mariana agarrava o braço do marido, que bebia o seu terceiro copo de uísque. Carlos passeava a sua solteirice pelo salão. Os gêmeos de José, que tinham se tornado inexplicavelmente diferentes, abandonaram os salgadinhos e correram apressadamente para ver a noiva. Quanto ao noivo, olha para tudo deslumbrado: está pronto para quebrar o copo, para estar no centro do círculo, para dar a mão para a sua rainha de Sabá. O marido se afasta de Luísa, toma a mão de Eva e a conduz ao altar, onde o jovem rabino fala:

— O maior poder que existe é o da imaginação. No judaísmo, a imaginação tem um papel fundamental. O grande Êxodo do Egito começou com o sonho de um escravo hebreu, o sonho de uma época em que os hebreus seriam guerreiros livres e corajosos, responsáveis pelo seu próprio destino. Foi a esperança despertada por esta visão que levou o povo hebreu à liberdade.

"Cada pessoa tem a obrigação de imaginar a si própria como saindo do Egito. Para os cabalistas, este epigrama talmúdico é um convite a uma reimaginação pessoal. Cada um de nós está no seu próprio Egito, *mitzrayim*, que significa literalmente 'os espaços estreitos'. O Egito — que, em termos cabalísticos, é a nossa garganta — simboliza todas as palavras que permanecem aprisionadas: as palavras não-ditas, as histórias de nossas vidas não-vividas, não-cantadas, não-imaginadas.

"Para os cabalistas, a escravidão é, sobretudo, uma crise da imaginação. Por isso, a cura da escravidão é um ritual da imaginação. Que o casamento de vocês possa ser reimaginado todos os dias! *Matzel tov!*"

O noivo quebra o copo com o pé, e um urro de prazer se ergue da pequena multidão. Luísa acha o rosto da filha naquele momento curiosamente parecido com o da sua

Judite no país do futuro

avó Judite. O rosto de alguém que tem o poder da imaginação, mas o reserva para si mesma.

Mas de que falam os convidados? De política, de um operário presidente da República, de crescimento econômico, de modelos esqueléticas, de jogadores de futebol milionários, de gênios da Internet, de oportunidades eternamente perdidas pelo Brasil, de consumismo desenfreado, de amor e de ódio, do futuro que nunca chega. Só ela não tem vontade de dizer nada.

Pouco depois, a roda começa a se formar. As palmas se aceleram, os corpos se contorcem, os rostos ficam vermelhos, pernas são jogadas de um lado para o outro. Velhos, homens, mulheres, todos voltam à infância, girando num carrossel iluminado.

Quando as pernas de Luísa não agüentam mais, ela sai para a noite fresca. Não se lembra de ter visto um céu tão estrelado. Lembra-se do verso que o marido lhe dissera tantos anos antes: "Este é o milagre que mantém as estrelas separadas."

Então finalmente entende.

GLOSSÁRIO

Asquenazita — Uma das grandes divisões do povo judeu (a outra é a dos sefarditas). Falantes de iídiche, os asquenazitas são oriundos de países europeus setentrionais, especialmente da Alemanha, mas também da Rússia e outros países da Europa Oriental.

Beigele — Bolinho de batata típico da culinária judaica asquenazita.

Borscht — Sopa da cozinha tradicional russa, feita de beterraba com creme de leite.

Bukharos — Originários de Bukhara, na Ásia Central. Bukhara pertenceu ao império turco, foi anexada ao território russo na primeira metade do século XIX e atualmente é uma cidade importante do Uzbequistão. Os judeus bukharos chegaram à Palestina na Primeira

Guerra Mundial e ocuparam em Jerusalém o bairro de Rehovot.

Chalá — Pão trançado ou redondo, brilhante, consumido no Shabat e nas outras comemorações religiosas e eventos festivos.

Chanuká — Festa das Luzes, com duração de oito dias, que comemora a vitória de Judas, o Macabeu, sobre Antíoco Epifanes e a reconsagração do Templo.

Cheder — Curso que ensina a base da prática religiosa judaica, ministrado pelo rabino aos meninos da comunidade num quarto anexo à sinagoga.

Constantinopla — Centro do antigo Império Turco-Otomano, atual Istambul.

Eretz Israel — Nome pelo qual era designada a parte da Palestina que viria a se tornar o Estado de Israel, antes de sua criação.

Gefilte fish — Prato judaico feito com peixe moído, farinha, ovos, cenoura, cebola e pimenta.

Gói — Gentio, não-judeu.

Golem — Segundo a tradição judaica medieval, indica uma imagem de barro ou de madeira de forma humana à qual um mago era capaz de dar vida colocando um papel com o nome de Deus na sua boca ou escrevendo a palavra *emet* (verdade) na sua testa. Esse robô mágico era um servo que obedecia fielmente às instruções do mestre, podendo ser ligado e desligado.

Haganá (em hebraico, "Defesa") — Organização militar sionista da Palestina, durante a época do Mandato Britânico (1920-1948), que foi o embrião do Exército de Defesa de Israel.

Halutz (plural *halutzim*) — Pioneiro sionista.

Hassid (plural *hassidim*) — Membro do movimento religioso, social e moral fundado por Israel Baal Shem Tov no século XVIII e inspirado na Cabala.

Kosher — Normas que regulam as leis de alimentação dos judeus e o modo de abate dos animais.

Matzá — Pão ázimo que se come no Pessach.

Meá Sharim (em hebraico, literalmente "Cem Portões") — Bairro ultra-ortodoxo de Jerusalém, fundado em 1875, fora do Perímetro da Cidade Velha.

Morá — Professora, em hebraico.

Moshavá — Assentamento agrícola judaico.

Pessach — Páscoa judaica. Comemoração da saída dos judeus do Egito, onde eram escravos, liderados por Moisés.

Quipá — Pequeno chapéu em forma de circunferência utilizada no Judaísmo como símbolo da religião e do temor a Deus.

Schwartze — Negra, em iídiche.

Seder — Celebração da primeira noite de Pessach, que junta os rituais religiosos a uma ceia festiva. Os rituais e comidas simbólicas do Seder têm como objetivo ajudar a vivenciar o sofrimento e a redenção dos ancestrais que partiram do Egito.

Shabat — Dia do descanso semanal para os judeus, observado a partir do pôr-do-sol da sexta-feira até o pôr-do-sol do sábado, durante o qual nenhum tipo de trabalho é permitido. De acordo com a tradição judaica, o Shabat foi ordenado por Deus como um dia de descanso após a Criação.

Shofar — Instrumento de sopro feito de chifre de carneiro, tocado na sinagoga no Ano-Novo judaico e no fim do Yom Kipur.

Shtetls — Pequenas aldeias de judeus, situadas na Rússia czarista e na Europa Oriental.

Talmude — Livro que contém as leis e as tradições judaicas. Reúne os compêndios da tradição oral, em complemento à lei escrita, a Torá, e discute cada decisão legal e religiosa.

Tefilin (ou filactérios) — Nome dado a duas caixinhas de couro negro, ligadas a tiras de couro, contendo rolinhos de pergaminhos nos quais estão escritos quatro trechos da Torá. Os judeus religiosos os colocam no braço e na testa para as orações matinais dos dias de semana.

Torá — Texto central do judaísmo, correspondente ao Pentateuco da tradição cristã. Compreende Gênesis, Êxodo, Levítico, Números e Deuteronômio.

Varenike — Pastel de batata cozido, de origem russa.

Yeshivá — Escola tradicional judaica, que funcionava nos *shtetls* como um anexo à sinagoga, onde se estudavam principalmente o Talmude e a literatura rabínica.

Yom Kipur — Dia da Expiação (ou Dia do Perdão). Feriado mais importante do ano judaico, quando se recordam os mortos, se faz um balanço da própria vida e tomam-se decisões para o futuro.

Zohar ("Livro do Esplendor") — Principal livro do misticismo judaico. Atribuído ao rabino Shimon Bar Yohai, que surgiu entre os cabalistas por volta de 1250 na forma de interpretações de textos bíblicos.

AGRADECIMENTOS

Sou imensamente grata a Christine Lopes, leitora ideal acometida de uma insônia ideal, pelo seu inestimável apoio e contribuição a este livro, lendo, comentando e apontando problemas e soluções com inteligência e sensibilidade. Agradeço a Rubin Iaffe, que se dispôs a perder seus dias nas bibliotecas de Raanana, em Israel, para obter a autobiografia de Joseph Klausner; a Márcia Benzaquen, por suas precisas traduções do hebraico; a Alexandre Plosk, pelas valiosas indicações; ao Arquivo Histórico Judaico Brasileiro de São Paulo, que gentilmente me abriu as portas, em especial ao professor Roney Cytrynowicz, e aos professores Nachman Falbel e Paulo Valadares, pelas esclarecedoras informações; e ao professor Jeffrey Lesser, que prontamente respondeu aos meus e-mails, indicando os caminhos certos para a minha pesquisa.

Gostaria de agradecer especialmente à professora Fania Oz-Salzberger, sobrinha-bisneta de Joseph Klausner, que tão atenta e generosamente leu e comentou os trechos que lhe enviei, traduzidos para o inglês por Christine Lopes.

Minha gratidão a Augusto Herkenhoff, que gentilmente cedeu os direitos sobre a belíssima tela que ilustra a capa deste livro.

Por fim, agradeço a Paulo Marcelo Sampaio, Marcel Souto Maior e Nahman Armony, pelo afetuoso estímulo e apoio.

Para escrever *Judite no país do futuro*, inspirei-me em diversas fontes, entre as quais merecem especial destaque, na primeira parte do romance: Judite Armony, "Meu caminho para o Brasil", série de quatro relatos para a revista *Aonde vamos?* (São Paulo, 1975); Gershom Scholem, *A cabala e seu simbolismo* (São Paulo: Perspectiva, 1978); Isaac B. Singer, *Shosha* (São Paulo: Francis, 2005); Joseph Klausner, *Darki likrat ha-tchia veha-geula. Autobiografia.* (1874-1944) [Meu caminho para o renascimento e redenção. Autobiografia. Tradução do hebraico para o português de Márcia Benzaquen] (Tel Aviv e Jerusalém: Massada, 1946); e Amós Oz, *De amor e trevas* (São Paulo, Companhia das Letras: 2005). Foi nesses dois últimos livros que me baseei para fazer o retrato de Joseph Klausner, intelectual sionista e tio-avô do escritor Amós Oz.

Judite no país do futuro

Na segunda parte do romance, as principais referências utilizadas foram: Stefan Zweig, *Brasil, país do futuro* (Rio de Janeiro: Guanabara, 1941), e *A corrente* (Rio de Janeiro: Guanabara, s/d); Gilberto Freyre, *Casa-grande & senzala* (Rio de Janeiro: José Olympio, 1975); Jeffrey Lesser, *O Brasil e a questão judaica* (Rio de Janeiro: Imago, 1995); Alberto Dines, *Morte no paraíso: a tragédia de Stefan Zweig* (Rio de Janeiro: Rocco, 2004); Isabel Vincent, *Bertha, Sophia e Rachel: a Sociedade da verdade e o tráfico das polacas nas Américas* (Rio de Janeiro: Relume Dumará, 2006); e Vinicius de Moraes, "Balada do Mangue" (in.: *Poemas, sonetos e baladas*. São Paulo: Editora Gaveta, 1946).

Este livro foi composto na tipologia ITC Stone Serif,
em corpo 10,5/16,5, e impresso em papel
off-white 80g/m², no Sistema Cameron
da Divisão Gráfica da Distribuidora Record.

Seja um Leitor Preferencial Record
e receba informações sobre nossos lançamentos.
Escreva para
RP Record
Caixa Postal 23.052
Rio de Janeiro, RJ – CEP 20922-970
dando seu nome e endereço
e tenha acesso a nossas ofertas especiais.

Válido somente no Brasil.

Ou visite a nossa *home page*:
http://www.record.com.br